의원강호

기공흑마 신무협 장편소설

ORIENTAL FANTASYSTORY & ADVENTURE

dream
books
드림북스

의원강호 11

초판 1쇄 인쇄 / 2016년 5월 13일
초판 1쇄 발행 / 2016년 5월 23일

지은이 / 기공흑마

발행인 / 오영배
책임편집 / 편집부
펴낸 곳 / (주)삼양출판사 · 드림북스

주소 / 서울시 강북구 도봉로 173
대표 전화 / 02-980-2112 팩스 / 02-983-0660
편집부 전화 / 02-980-2116 팩스 / 02-983-8201
블로그 / blog.naver.com/dreambookss

등록번호 / 제9-00046호
등록일자 / 1999년 3월 11일

ⓒ 기공흑마, 2016

값 8,000원

ISBN 979-11-313-0608-6 (04810) / 979-11-313-0216-3 (세트)

* 지은이와 협의하에 인지는 생략합니다.
* 잘못된 책은 구입한 곳에서 바꾸어 드립니다.

이 도서의 국립중앙도서관 출판시도서목록(CIP)은 서지정보유통지원시스템홈페이지
(http://seoji.nl.go.kr)와 국가자료공동목록시스템(http://www.nl.go.kr/kolisnet)에서
이용하실 수 있습니다. (CIP제어번호: 2016011806)

의원강호

11

기공흑마 신무협 장편소설

ORIENTAL FANTASYSTORY & ADVENTURE

dream
books
드림북스

목차

第一章
단호함

사람이 하다 보면 재미가 들릴 때가 있다.

운현이 딱 그 짝이었다.

대련.

그것도 무제한에 가까운 대련은 그에게 많은 도움을 줬다. 의방 무인들은 대다수 낭인 출신이라 깊이는 없더라도 그만큼 많은 수단을 사용했다.

치졸한 수에서부터, 그들 나름 살아남기 위해서 마련한 수단까지.

처음에는 수준 낮은 수만 사용했던 자가 다수.

하지만 무공을 사용하는 버릇을 새로 잡겠다는 운현의 뜻을 알아들은 자는 또 그 나름으로 수준 높은 것을 보였다.

자신의 것을 내보이는 데 주저함이 없달까.

더 높은 경지로 가기 위한 열망 때문에라도 자신이 가진 바를 펼쳐내려 노력해 줬다.

끝까지 적응을 못 하는 자가 몇 있기는 했지만, 대다수는 지금껏 살아남은 이유가 근성이라는 걸 보여주기라도 하는 듯 제대로 해 줬다.

덕분에 재미있었다.

모르던 걸 배우고, 새로 응용하고, 나쁜 습관을 고쳐주고.

단순히 대련만 한다고 해도 동시에 여럿을 가르치고 많은 것을 얻을 수가 있으니 왜 재미가 없겠는가.

자신을 무인으로 생각하기보다는 의원으로 생각하는 운현이지만, 무에 재미가 없지는 않았으니 더욱 그랬다.

근데 문제는,

"제가 가기 전까지만 하더라도 제대로 해 주신다고 하시지 않았습니까?"

"그렇기야 했지요."

"그런데 대체 어쩐 일인 겁니까."

잔소리를 이제 막 시작하려는 한울이다.

대련장에서 물러나고, 운현이 별로 오고 싶어 하지 않는 그만의 집무실에 오자마자 잔소리가 터져 버렸다.

약재실에서는 약재 연구를 하는 재미가 있고, 연무장에서
는 무공을 배우는 재미가 있다지만. 이곳은 아무래도.

'성향에 안 맞아.'

그에게 별달리 맞지 않는 곳이었다.

말 그대로 집무실이니까. 가능만 하다면 한울에게 이 집
무실을 주면서 해야 할 일도 같이 떠넘기고 싶은 게 운현의
솔직한 심정이었다.

'어린아이 같은 마음이지. 이제는 그래서는 안 되기도 하
고.'

한울이나 제갈소화가 겨우 꾸며 놓아서, 정갈한 분위기를
풍기고 있는 집무실을 느낄 새도 없었다.

"제가 제대로 파악을 하지는 못했지만, 대련이 주로 있었
다지요? 그리고 진료보다는 대련에 더욱 치중을 하셨고요."

"흐음……."

운현이 답을 하든 말든 한울의 말은 속사포처럼 쏟아졌다.

이래서는 의방이 의방다워지지 않는다는 요지의 말들. 사
람을 지키고 실력을 상승시키는 것도 좋지만 좀 더 집중을
해 줬으면 한다는 그의 마음.

여러 가지로 의방을 생각해서 하는 이야기기에 운현도 잠
자코 들을 수밖에 없었다.

하지만 같은 목표를 위해서 움직인다고 하더라도 그 방식은 사람마다 달리할 수 있는 것 아니겠는가.

방식을 달리하면 자연스레 일의 순서도 달라질 수 있는 법이고 말이다.

어차피 이런 날이 언제고 올 줄은 알았다.

고민도 미리 했었다. 그저 필요한 것은 하나. 결심이 필요했을 뿐이다.

그리고 그 결심이라고 하는 게 한울의 모습을 보면 볼수록 제대로 서 간다.

'이참에 확실히 말하는 게 낫겠어. 아니, 확실히 해야겠지. 모든 걸.'

엄밀히 이야기하면 의방은 운현의 것.

그렇다 해도 가능하면 주변 사람의 말을 들었다. 존중을 하려 했고, 그들로부터 배울 건 배우려 했다.

그의 성미가 그런 것에 맞았거니와, 여러 가지로 효과를 보기도 봤다.

자율적인 분위기 덕분에 의명총의서도 나온 거고, 자발적으로 아이들을 가르치기 위해서 노력하는 무사도 나온 게다.

덕분에 의방 자체가 여러모로 갈팡질팡하는 모습을 보인 것도 있기는 했지만, 그것도 그 나름 괜찮았다.

고민하고, 고뇌하여 새로운 방안을 찾아가는 건 분명 효과가 있었으니까.

'그러다 보니 흔들렸지.'

문제는 여러 의견을 다 받아들이려 하다 보니 의방뿐만 아니라 운현도 갈팡질팡한 경향이 있었다는 거다.

분명 발전을 해 나가고 더 커지고는 있는데, 확고한 색깔이라 할 게 없었다.

명의들이 있는 의방, 좋은 약, 조금씩이나마 채워져 가는 무사와 그에 따른 무력. 분명 발전을 했다.

그런데도 의명 의방 하면 확하고 와 닿는 게 없었다.

운현 자체가 의원이면서도 동시에 무인인 복잡한 성격을 지녀서 그럴지도 몰랐다. 전에 없던 인물이니까.

그래도 이제는 그래선 안 됐다.

암중세력은 지금 이 순간에도 어디선가 일을 꾸밀지도 모르는데, 자기 색도 없어서야 문제만 생긴다.

당하고 살 수밖에 없다.

지금까지야 희생 없이 잘도 버텼다지만, 언제고 그럴 수 있을까.

어중간한 상태에서 버티는 것도 한계다.

아니, 한계는 몇 번이고 오기도 했었다. 그래서 의명 의방 사람을 대신해서 이통표국의 표두나 표사가 죽기도 하지 않았나.

그나마 운이 좋아서 여기까지 온 게다. 희생이 있었다고 해도 최대한 적게 치른 거 자체가 운이다.

'그러니 몇 번이고 소심하게 다잡았던 초심을 또 잡아야겠지.'

이제는 확실히 해야 했다.

몇 번이나 다잡았던 초심을 또 잡아야 했다.

사람을 해하는 것에 했던 고민, 이 길이 맞는가 하는 고민, 의원이냐 무인이냐를 두고 하던 고민 모두를 버려야 했다.

모든 걸 다 때려 고칠 수는 없더라도, 이제부터라도 때려 고쳐야 했다.

"……그러니 신의님께서는 이왕이면……."

그리고 그 시작은 하염없이 잔소리를 이어 가는 한울.

어쩌면 자신이 중심을 제대로 잡지 못하고 있기에 한울이 저리 믿음을 가지지 못하는 걸지도 모른다.

의명 의방을 이끌어 가야 할 자가 자신인데도 위태위태하니까.

믿음을 심어 줘야 하는 자리에 있는데도, 믿음을 심어 주기는커녕 흔들리는 모습을 보이니 염려를 하는 거겠지.

한울이 저러는 것조차도 실상은 모두 자신과 의방을 위해서다. 애정이 있어서다.

그러니 그런 그를 위해서라도 제대로 말해 줘야 했다.

'제대로 하자.'

한울이 오기 이전까지 홀로 고민하던 걸 확실히 결정 내렸다.

그렇기에 더더욱 제대로 해야 했다. 앞으로 자신은 단순히 이리저리 갈팡질팡하는 자가 아니라 이들을 이끌어야 하는 자니까.

'후우……'

작게 심호흡을 내뱉어본다.

조심스럽게. 바로 앞에 있는 한울조차도 눈치채지 못할 만큼.

이런 소심한 한숨은 마지막으로 내뱉어 보자고 생각하면서, 운현이 자세를 바로잡는다.

그러곤.

"총관."

그답지 않게 단호한 음성을 내뱉는다.

아랫사람이라도 존대를 버리지 못하는 습관을 가진 운현치고는 짧은 말.

그 안에 많은 것이 함축되어 있다는 걸 운현의 옆을 오래도록 지켜가고 있는 한울은 금세 느꼈다.

"……예."

그가 하던 잔소리를 멈춘다. 운현의 말을 경청하려 자세를 바로잡는다.

"그동안은 미안했네."

"……."

무얼 미안하다고 하는 건지는 아직 이해 못 한 한울이다.

동시에 운현이 자신에게 미안해할 일은 없다 여겼다. 그래서 침묵한다.

그럼에도 운현의 말은 이어진다. 계속.

"내가 사람을 찾았고, 사람을 모아 의방을 만들어 놓고서는 제대로 하지를 못했어. 그게 문제였던 거지."

"……."

제대로 잡히지 않은 상하관계. 체계적이지 못한 의방의 상태. 어중간한 무력.

걸리는 바가 많으니 한울도 불안했을 거다. 가장 큰 문제로는 운현 그가 흔들리니 더욱 불안했겠지.

운현은 그걸 인정했다.

어수룩하게 하는 존댓말조차도 사실은 그의 흔들림이 무의식적으로 표출이 된 걸지도 몰랐다.

그런 무의식을 버리고, 처음 운현이 결심을 말한다.

"그래도 이제는 그게 아님을 보여 주지. 제대로 된 의방, 아니 그 이상을 보여주겠다 약속을 하겠네."

"그렇다면 대련도 벌이고 하셨으니 의방을 무가로 바꾸시려는 겁니까. 그건 그거대로 괜찮을지도 모르겠군요. 상황이 좋지 않으니까요."

"아니네. 무가는 아냐."

실상 지금 그답지 않은 말투를 구사하는 것도 어려운 일이지만, 이제부터는 이 말투에 익숙해져야 했다.

그리고 그 시작은 한울.

한울은 운현이 처음 보이는 지금의 모습에 물어 왔다.

"그럼 무엇입니까? 의방도 무가도 아닌 상태. 그렇다고 꿈만 말하기에는 어설픈 이 상황에서 신의님의 선택이 대체 뭐란 말입니까?"

그동안의 모습과 다르게 무얼 할 것이냐고. 자신이 따르기로 마음먹은 운현이 대체 무엇을 보여 줄 수 있을지를 물었다.

그동안의 왠지 모를 불안을 씻어내기라도 하려는 것처럼.

"무가라고 할 것도 없고, 의방이라도 할 것도 없네. 그래. 굳이 말하자면 둘 다겠지."

"둘 다 말입니까? 그건……."

"어렵겠지."

"예. 차라리 의방이면 무인들을 모아도 의방 사람들을 지키기 위해서라 말할 수 있겠죠. 하지만 둘 모두를 한다 공표를 하면 반대하는 자가 분명 생길 겁니다."

"그래. 분명히 그러겠지."

이통표국이 확장을 할 때, 그것을 염려하는 자가 분명 있었다.

가깝게는 등산현에 있는 중소문파들이 그러했다. 멀리는 호북에 있는 상가들이 이통표국의 확장을 염려했다.

이유?

여러 가지 거창한 이유를 가져다 붙일 것도 없다.

밥그릇 싸움이다.

이통표국이 발전을 하게 되면 그것에 이득을 얻는 자도 있고 손해를 보는 자도 분명 있다.

상가나, 중소문파와 같이 기득권을 가진 자는 이득보다는 손해를 보기 더 쉬웠다.

그러니 염려를 한 거다. 이통표국 때문에 자신들이 손해를 볼까 봐서다.

실제 상가들은 그런 이통표국을 막아 보겠답시고, 연합을 하기도 했잖은가.

중간에 암중 조직의 협잡질이 들어가기는 했지만, 그것에 참가한 상단들이 기득권을 지키려고 나섰다는 것엔 누구도 이견을 달지 않을 게다.

세상사가 다 그런 거다.

누군가 새로이 생겨나고, 이득을 얻게 되면 그걸 막고자 하는 자는 분명 생기게 된다.

그래서 운현이 조심했다. 위험을 자초하고 싶지는 않았으니까.

주변의 눈치를 보기도 하고, 때로는 손해를 보면서까지 줄 건 줘 가면서 지금까지 의방을 꾸려 나갔다.

어중간하지만 분명 호북의 본래 있던 세력과는 부딪치지 않는 방법이었다. 꽤 애를 썼다. 고생을 한 것도 많았다.

그렇게 여기까지 왔다.

그걸 운현이 지금에 와서 바꾸고자 하고 있었다.

어중간하게 하느니, 제대로 하려 한다. 전과는 달라져 적응을 못 하는 이가 나올지라도 그게 최선이다.

나쁜 습관을 잡아주기 위해서 처음 시작한 비무였지만, 그걸 하다 보니 더욱 느낀 바가 있었다.

의명 의방을 지켜 주는 무사들은 강한 사람을 원했다. 약하게 흔들리느니, 차라리 자신들을 이끌어 줄 수 있는 강한 자를 원했다.

학사들도 마찬가지일 게다.

그들이 원하는 체계를 아주 정확히 만들어 주지는 못하더라도, 무의식적으로 불안감을 가질 만한 요소는 원치 않을 것이 분명하다.

의방의 의원들?

다행히도 그들은 만족도가 높다. 그들이 하고 싶은 것. 치료. 의원다운 일을 하게 해 주니까.

그나마 불만이라고 한다면 의명총의서 하나.

그들을 끌어들인 운현이 의명총의서에 그다지 신경을 쓰지 않는다는 거 정도.

그것만 해결해 준다고 한다면, 의방의 의원들은 분명 운현의 방식이 조금 달라지더라도 따라줄 게 분명하다.

그러니까.

'바꾼다.'

한울에게 정한 바를 말한다.

그걸 들은 한울이 읍을 하며 받아들인다. 그동안 운현에게 안달복달하던 그런 모습은 전부 버린 채로.

"따르겠습니다."

진정 주군을 대하듯 공손하게 운현을 대할 뿐이었다.

아래위를 확실히 했다. 지금까지의 방안을 바꿨다.

그렇다 해서 꿈이 바뀐 건 아니다. 적어도 호북의 사람들을 위해서, 스승의 유언을 따라서 명의가 되겠다는 바람은 바뀐 바가 없다.

다만 방식만 전에 비해서 바꿨을 뿐이다.

그러니 남은 건 하나. 나아갈 때라는 거다.

'해 봐야지.'

                    *   *   *

이날만을 기다려 왔던 걸까.

한울은 운현이 하고자 하는 바를 위한 방안을 생각해 왔다.

제대로 된 의방, 아니 의방을 넘어 무가와 섞여버린 그 무엇. 이미 있는 의선문과는 다른 그 무엇을 만들려는 운현의 생각.

동반자여서 그러한 걸까. 어떤 한 단어로 표현되지 못하는 운현의 목표를 한울은 진정 이해했다.

그러곤 구체화시켰다.

운현이 무언가를 하려 하면, 그가 책사라도 되는 듯 그 방안을 제대로 가져 올 줄을 알았다.

"격식을 제대로 두려면, 나서는 것만이 능사는 아니지요."

"그럼?"

"다소 문제가 생길 수 있다 하더라도, 때로 지켜보는 게 능사일 수도 있습니다."

"지켜봄이라."

"선택은 신의님이 하시는 것이지요."

그는 말하되, 결정은 운현이 내리도록 했다. 그저 자신의 의견을 표현하고 읍을 올림으로써 자신의 뜻을 말했을 뿐이다.

결국 결정권은 운현에게 있음을 한울은 결코 잊지 않았다.

그런 그를 보고 있노라면 운현에게 떠오르는 생각이라곤 하나.

'너무 자연스럽네.'

자연스러움.

이러한 날을 기다리고라도 있었던 것인지, 새로이 운현을 대하는 한울의 태도는 자연스러워도 너무도 자연스러웠다.

너무 자연스러움이 배어 있어서 본래부터 그러한 것처럼 보였다.

하기사 그는 학자.

처음은 관직에 뜻을 두었던 학자다. 무인이 아닌 학자로서 주군을 모시는 법. 더 나아가 책사가 되는 것은 그에게 너무 자연스러운 것일는지도 몰랐다.

언제고 기다려 왔던 순간이 바로 지금일 게다.

자신이 따를 사람을 찾고, 그를 주군 삼아 책사의 역할을 하는 꿈을 펼칠 수 있는 순간이 바로 지금이니까.

운현이 그의 의견을 듣는다.

그러곤 생각한다. 과연 한울이 도출해 낸 방안이 맞을지, 아니면 운현이 미리 생각해 놓은 바가 맞을지를.

'좋은 방법일지도 모르지. 오히려 효율적일지도. 다만 모두는 안 되겠어.'

결론. 일부는 맞고 일부는 틀리다는 결론이다.

"좋네. 시작은 바로하지."

"받들겠습니다."

자리를 마련하는 건 어렵지 않았다.

운현의 의방이고, 운현이 의지를 가졌는데 어렵다면 그게 더 이상했다.

"모두 모이시도록 하지요."

사람을 불러 모았고, 쉬는 날이 없는 의명 의방 상황상 쉬지 못할 최소의 인원을 제외하고는 거의 전부가 모여들었다.

꽤 큼지막한 건물 안.

아이들이 머무르는 곳이나, 연무장으로 쓰이는 곳보다는 작지만 그래도 대전(大殿)이라고 이름을 붙일 만한 곳이긴 했다.

궁전이라 할 만큼은 못 되더라도, 의명 의방에서는 사람을 불러 모으는 것에 있어 이만한 곳도 드물었다.

때는 미시(13~15시)밖에 안 되어, 점심을 들고 나서 가장 나른할 시간.

그럼에도 이곳에 모인 자들은 나이도 점잖을 만큼 먹어 놓고서도 다들 비슷한 분위기를 풍기고 있었다.

어색해하거나, 그도 아니면 잔뜩 긴장을 하거나.

평소 선한 일을 해서인지, 인상도 선한 자들이 이리도 긴장을 하고 있는 건 꽤 흔하지 않은 일.

이곳에 그들을 모은 운현이 어디 죄라도 지은 게 아닌가 생각이 들 만한 장면이었다.

운현이 오겠다 하는 시간이 아직은 남아 있어설까.

그들 중 가장 상석에 있어야 할 운현이 없으니, 두런두런 목소리가 퍼져 간다.

"커흠. 무슨 일이 있으시다던가?"

"금시초문이네. 이런 식으로 모이라 말씀하시는 걸 즐기는 분은 아닌데……."

평소 운현은 사람을 불러 모으는 걸 즐기진 않는다.

되려 모여 있으면 그것을 어색해하는 게 운현이다.

대우를 받는 것도 그리 즐기지를 않는다. 신의라 불린 지오래인데도 이제야 신의라는 말에 적응하는 듯 보이던 그이지 않은가.

응당 그럴 만한 자리에 있음에도 통, 자신이 가진 권력을 쓴다거나 어떤 무언가를 행하지는 않는 게 그의 성격.

그러니 그가 사람을 모은 이런 자리 자체가 이곳에 모인 의원들로서는 어색할 수밖에 없었다.

"흐음. 뭘 알았으면 하는데."

"그러게나 말일세. 신약이라도 나온 겐가."

"그러면 진즉에 알았겠지. 그런 일은 아니냐. 전과는 달라."

"크흠."

열심히 지금 상황을 찾던 이들에게 표적이 된 자가 있었다.

나이는 아직 어리지만, 그 의술로 말미암아 운현의 자리가 될 상석 바로 옆자리에 앉은 이.

"우진 자네는 뭐 들은 거 없나?"

우진이다.

그를 보면서 의원들이 집중한다. 혹시나 우진은 미리 언질이라도 받지 않았을까 하는 표정들이다.

"아쉽게도 없습니다."

하지만 그들이 원하는 답을 내줄 수는 없는 우진이었다. 그도 들은 바가 없었으니까.

"그래? 뭐 그렇다면야……. 한울 총관에게라도 들은 게 없는 것인가?"

꿩 대신 닭이란 말도 있잖은가. 운현이 안 되면 한울이라도 물어본다.

"그조차도 없습니다. 음...... 근래에 이상한 말을 하나 듣기는 했습니다."

"근래에?"

그러니 하나 나온다.

사람들은 그럼 그렇지 하는 표정이다.

평소 한울과 우진은 막역한 사이가 아닌가. 분야를 넘어서 그들만의 공감대를 형성해 가고 있었다.

총관이자 학사로는 한울, 의원 중에는 우진이 의명 의방에서 통하는 말이니 무언가 나오겠거니 하는 표정들이다.

"예. 총관에게 듣기로......"

"듣기로?"

다들 집중을 해 간다.

시대를 막론하고, 무슨 일이 있으면 그에 관한 걸 미리 듣고 싶은 건 다 똑같은 욕망인 듯했다.

바늘 하나 떨어지는 소리도 들릴 만큼 묵직한 침묵이 그들의 사이에 자리하는데, 아쉽게도 우진의 말은 뒤이어지지 못했다.

이어지는 건 그의 말이 아니라, 문 소리였다.

타악—

닫혀져 있던 문이 열린다.

모습을 드러내는 자는 운현. 그리고 그 옆에 자리한 한울.

나이를 먹어 가고, 경지가 올라감에 따라 헌앙해져 가는 운현. 총관직을 맡고 있음에도 아직은 학사다운 분위기가 남아 있는 한울.

여느 여인들이 본다면 마음이 흔들릴 만한 모습이지만, 이곳에 자리한 의원들에게는 아니다.

'평소와 뭔가 다르지 않은가.'

'분위기가 무겁군.'

운현의 결심이 벌써부터 전해지기라도 한 걸까.

무인들만큼은 아니어도 사람들의 기운을 읽는 데 민감한 의원들이어서 그런지, 운현의 어떤 기세를 읽은 듯했다.

자기도 모르게 긴장을 하는 것은 당연할 정도고, 또 어떤 이는 풀어졌던 자세를 바로잡기도 했다.

순식간에 분위기가 운현에게로 넘어왔다.

그런 그들의 모습을 자연스럽게 바라보며, 운현은 안으로 발을 옮길 뿐이었다.

그들의 가장 상석까지 가는 가장 짧은 거리. 그 거리를 지나가며 가까이하는 의원들마다 침을 꼴깍 삼키는 게 보일 정도다.

그러곤 시간이 지나 운현이 가장 상석에 앉자.

그제야.

"휴우……."

누군가 작게 한숨을 내쉰다. 저도 모르게 내쉰 한숨이 분명했다.

오른쪽으로는 한울. 왼쪽으로는 본래부터 자리를 차지하던 우진. 그리고 가장 상석에 운현.

그리고 그 밑으로 모든 의원들이 자리를 차지하는 장면은 꽤나 진귀한 장면이 되었다.

의명총의서를 위해서 토론을 하고, 상의를 할 때와는 또 다른 의미로 무거운 의미를 지닌 자리였다.

그런 자리를 마련해 놓고서 운현이 만족스럽다는 듯 생긋 웃는다. 의원들보다는 한결 여유가 있어 보이는 모습이다.

'이제부터 진짜군.'

운현조차도 작게 긴장을 하기는 하였다.

그래도 의원들보다는 아주 작게였다. 그 자신의 행동에 당위성이 있다고 여기는 만큼 그의 긴장이 그리 크지만은 않을 수 있었던 것이다.

눈짓으로 대전 안을 가득 채우고 있는 의원들을 쭈욱 둘러본다.

'저들부터가 시작.'

그러곤 자신의 자리를 자각한다. 의원들을 다스려야 하는 자리에 있는 운현이 아닌가.

이제부터는 자율이 아니라, 강한 지도자로서 이끌어 가겠다는 자신의 의지를 공식으로 선포하는 자리가 된다.

그나마 다행인 건 이곳에 자리한 의명 의방의 의원들은 따라 줄 수 있지 않겠느냐는 생각을 할 수 있다는 것.

그동안 서로 해 온 바가 있으니, 운현이 조금 방식을 달리한다고 하더라도 같이 해 줄 거라는 믿음 정도는 있다는 게 다행이었다.

그 믿음을 기반으로 운현이 입을 열었다.

"새로운 시작을 해 보려는데, 어떠한가?"

평소의 운현과는 다른 단호한 어조. 바라보는 모든 이들이 절로 긴장할 만한 위엄. 그리고 내심 운현이 다시금 다져 보는 결심.

그 모든 것을 담은 운현의 음성을 시작으로 대전에 자리한 의원들과 운현의 변화가 시작되었다.

아주 빠르게.

第二章
정중동

　의원들이 대전 안에서 쏟아져 나온다.

　하나같이 그들의 표정은 밝아 보이지만은 않았다. 개중에는 별일 아닌 듯 평온한 표정을 한 자도 있기는 했지만 그래봐야 소수다.

　"허헛……."

　누군가는 헛웃음을 짓기도 하고, 또 누군가는 두런두런 이야기도 나누어 본다.

　그들이 모였던 곳이 대전치고는 작은 편이라던가, 운현이 더 헌앙해졌다거나 하는 그러한 것들은 지금 그들에게 있어 중요치 않았다. 문제도 안 되는 일이다.

당장 중요한 건 그 안에서 벌어졌던 일이다.

운현이 그들에게 새로이 말했던 방안이 있었다. 전과는 다른 방향으로 나아가자고 말했다. 좀 더 격을 갖추자 했다.

다른 문파나 의방에서는 충분히 있을 일이었다.

당장 의원들만 하더라도, 자기 아래의 의원을 새로이 가르치라고 하면 격식부터 갖추려 할 게다.

문파?

문파만큼이나 고하를 따지는 집단이 또 있던가. 사제관계를 나누고, 사승관계를 또 가지고 배분을 따지는 게 무인이다.

새파랗게 젊은 나이를 가진 이라 해도 장문의 제자라면, 장문 아래에 배분을 가진 중년들을 아랫사람 부리듯 부리는 게 무인 아닌가.

그런 그들에게 있어 고하라고 하는 건 되려 아주 익숙하다못해 당연한 일이다.

문제는 이런 고하를 나누는 게 운현 그답지 않은 방식이라는 것 정도.

지금까지 있던 운현의 방식에 적응을 해 왔던 의원들로서는,

"허헛, 이거 어려운 선택이로군."

"그래도 해야 하지 않겠는가? 방안을 들어 보니 그것도

맞을 듯하니."

"그거야 그렇겠지. 그렇담 앞으로 의명총의서는 어찌 되는 겔까?"

"그것도 방안을 금방 마련해 주신다 했으니……."

"어렵구먼. 어려워. 그래도 약조는 지키시는 분이니 믿을 수밖에."

"뭐 달리 방법이 있겠는가."

약간의 어색함을 느끼는 건 당연한 일이었을지도 몰랐다. 거기다 약간의 거부감까지.

변화라는 건 거부감이라는 걸 친구처럼 데리고 다니는 존재인지라, 이 거부감이라는 것도 당연한 이야기였다.

그래도 이곳 의명 의방에 있는 의원들은 대의라고 하는 걸 모르지 않았다.

암중 조직이 가진 알리기도 힘든 그 어떤 형편없는 대의보다 의명 의방 의원들이 가진 대의가 명확하기도 했다.

'사람을 살린다.'

'의술을 펼쳐, 아픈 이를 치료한다.'

'의원으로서 최선을 다한다.'

말로는 너무 쉽다. 여러 가지로 표현할 수도 있고 너무도 당연한 것이기도 하다.

하지만 막상 지켜지기 힘든 것이 의명 의방 의원들이 가진 대의다.

각자가 마음에 품은 표현은 다를지라도 하나같이 같은 것은 바로 저 대의다.

의원으로서 의무를 다한다는 것에 의문을 품는 자는 이곳 의명 의방에서 아무도 없을 것이다.

애당초 운현이 그러한 자들만 뽑았었으니까.

신의라는 운현의 명성에 기대어서 의명 의방에 오려고 했던 자들을 거절하고, 기다리고 또 기다려 얻은 의원들이었다.

그들은 가진 바 의술은 명의에 도달하지 못했을지라도, 그 정신만은 고매하여 이미 명의에 이른 자들이다.

그러니 운현이 말한 바를 받아들일 수밖에 없다.

'받아들이긴 한다.'

'여기 말고 또 어디가 있으려고.'

그들의 정신을 가장 크게 펼칠 수 있는 곳이 의명 의방 말고는 달리 없음도 이미 알고 있는 덕분이다.

그러니 그들은 고하를 받아들일 수밖에 없었다.

말로는 불만을 말하기도 하고, 거부감을 표출하기도 하더라도 마음만은 이미 받아들이고 있는 셈이었다.

게다가 그들에게 가장 큰 문제는 따로 있었으니.

가장 큰 문제, 지금껏 그들이 차마 입으로 꺼내지도 못한 문제는.

"다 좋은데 어째서 우리 의원들부터 몸을 단련해야 하는 가?"

"호신이라고 하시지 않는가."

"허허, 이 나이를 먹어서 그 참. 생각지도 못한 일이로구 만."

"어쩔 수 없지. 떠돌면서 기른 체력이라도 남아 있기를 바라야 하지 않겠나."

"거참……."

바로 운현이 의원들로서는 전혀 생각지도 못한 걸 꺼냈다는 것이다.

젊은 우진이야 그렇다 치더라도 다른 의원들이야 나이를 먹은 자들이 꽤 된다. 곱게 늙어가기 시작하는 자들도 꽤 된다는 거다.

그런데도 의원들에게 호신을 이유로 몸을 단련하라 말했다.

평소 강요를 하는 법도 없는 운현이 이것만은 꼭 받아들이라 말했다.

그래야만 의명총의서를 발전시키는 데 협조를 하겠다면서!

사실 말도 안 되는 협박이자, 생각지도 못한 문제를 가져온 거지만 어쩌겠는가?

'의서가 중요하기는 한데…… 아니, 중요하지. 허.'

'할 수밖에 없나.'

칼자루를 쥔 쪽은 운현이었다.

지금껏 휘둘러 오지 않은 칼자루지만, 막상 휘두르고자 한다면 막을 자도 없었다. 그러니 따를 수밖에.

"환이라도 구해서 먹어야 하는 게 아니겠는가."

"허허."

의원들의 앓는 소리가 여기저기서 들려온다.

모두가 떠난 대전 안. 남은 것은 둘. 운현과 한울. 의방의 핵심이다.

우진도 의방의 핵심이었지만, 운현에게 따로 명받은 바가 있어 이미 전각을 나선 자들 뒤를 따른 지 오래다.

마지막으로 우진이 떠나고 한숨을 돌리고 난 운현이 말한다.

"다음은 무인이겠군."

"그들은 쉬울 겁니다."

"과연 예상대로 될는지. 호위 무사로 들였었으니."

운현은 꽤 걱정스러운 어조이건만, 총관인 한울은 되려 자신감이 넘쳐 보였다.

사명감을 가진 의명 의방의 의원들과는 다르게, 이곳의 무사들은 아이들을 가르치거나 이곳 의원들을 지키기 위해서 온 자들이다.

의원들을 뽑을 때처럼 올곧은 사람만 뽑으려 했다.

사람을 가리기는 했지만, 이곳에 그들을 처음 들였을 때 그들의 본질은 둘 중 하나였다. 호위 혹은 무공 교두란 소리다.

'다른 곳과는 다르지.'

문파에 머무르는 식객과는 또 다른 의미로 들인 셈이었다.

의선문과 같이 처음부터 문파를 표방한 것도 아니고 단순히 의방에 필요한 무(武)를 보충했을 뿐이다. 사람을 모집함으로써.

그러니 어떤 배분을 가지기도 힘들었으며, 상하를 나누는 것도 미뤘다면 미뤄 왔다.

학사들에게는 총관 한울이 있고, 의원들에겐 우진이 대표로 있는 것과는 다르게 무인들은 그게 없지 않은가.

가장 무공이 높거나, 인품이 호방한 삼권호라든가 이중현 같은 자들이 두드러지기는 했다.

하지만 그들이 이곳 의방 무인들의 대표는 아니다. 공식적으로 임명을 한 바가 없다.

처음부터 단추를 끼울 적에 호위나 무공 교두로서 일종의 고용을 하고 시작을 하였으니 당연한 이야기다.

'그런데······.'

한울은 자신감만 보이고 있었다.

새로이 마련한 마음가짐에 따라 움직이겠다고 마음먹은 운현이기는 하다.

하지만 아직 적응을 하지 못했다 할 수 있는 운현으로서는 저런 한울의 모습이 믿음직스럽지만은 못했다.

되려 평소보다는 믿음이 좀 떨어지는 모습이었다.

'과연 그의 말대로 될는지.'

의원들이야 운현의 말을 따를 수밖에 없는 처지이기라도 했지만, 무공을 가진 낭인들은 어디를 가서라도 먹고는 살 터.

운현과 함께 있음으로써 무공을 갈고 닦은 것도 있으니 전에 비해서 어디서 한 자리를 차지하기도 편할 것이다.

그러니 운현으로서는 조금이지만 불안하게 생각을 할 수밖에 없었다.

삼권호나 인명석처럼 아이들에 정을 붙인 무인, 함께 인연을 깊게 쌓아간 자들은 남을 확률이 높다지만.

'일부는 떠나겠지.'

정말 운현의 생각대로 일부는 떠날지도 몰랐다.

그런데 얼마 뒤, 이야기는 달라졌다.

의방의 의원들이 운현이 말한 것을 위해서 준비를 하고, 풀어진 몸을 가다듬고 하는 사이.

대전 안에 무인들이 모였다.

의원들을 보고서 예상하고 있던 바가 있기라도 한 건지 그들은 두런두런 이야기를 나눌 뿐, 불안해지는 않았다.

되레 가만히 정좌를 하고서는 운현이 오기까지를 기다렸을 뿐이다.

그리고 운현이 그들에게 자신의 생각을 표현했을 때.

"기다려 왔던 바입니다."

"그럼 저희는 어떤 직책이 되는 것입니까?"

"명을 다 받듭지요."

마치 기다렸다는 듯이 운현의 말을 받아들였다.

어떤 이는 일어나 포권을 하고, 또 어떤 이는 절이라도 올릴 듯한다. 지금 이 순간이 너무나 감동스러운 듯 눈시울을 붉히는 자도 있을 정도였다.

운현으로서는 전혀 예상도 하지 못한 상황이라 당황스러울 정도였다.

"그 부분은, 저랑 이야기를 나눠야 하지 않겠습니까? 이미 신의님과 짜 놓은 바가 있습니다."

그런 운현을 두고서 한울이 나서 먼저 수습을 한다.

하기사 운현은 이들의 생각을 몰랐다.

낭인으로서, 그동안 인정을 받지 못하고 살아온 자들로서 이들이 가진 설움을 전혀 몰랐었기 때문에 일부는 떠날 거라 생각했을지도 몰랐다.

이제 이들도 정착을 하고 싶어 한다는 심리를 읽지 못한 것이겠지. 운현으로서는 당장 그런 경험이 없으니 무리도 아니었다.

한울이 수습을 하고 일부 무인들이 그에 동조하는 것을 본 운현이 할 말이라곤 단 하나뿐이었다.

아직 이 말투가 어색하지만, 가장 상석에 앉게 된 자로서 조심스레 입술을 연다.

"⋯⋯고맙네."

짧지만 진심으로.

고맙다고. 자신과 함께하기로 해서 감사하다고 마음속으로나마 되뇌어 보는 운현이었다.

의원과 무인. 남은 것은 학자.

그들은 한울을 필두로 이미 운현에게 남겠다 마음을 먹은 지 오래. 군주를 모시듯 운현을 모시려 한 그들이니 당연한 이야기일는지도 몰랐다.

다만, 약간의 잡음은 있었으니.

"그걸 저희도 한다는 말입니까?"

운현의 말을 듣자마자 당황하는 한울!

그런 한울을 상대로 그동안 한울에게 당한 설움(?)을 풀기라도 하려는 듯 운현이 빙긋 웃는다.

"의원들도 하기로 하였으니, 당연히 해야 하네. 처우는 공평해야 하니까."

"하지만! 저희는 학사입니다."

"그리고 의명 의방에 속한 이들이지. 후후."

"……제길."

"못 들을 말을 들은 거 같네만?"

"아닙니다. 하지요. 할 겁니다. 학사들도 잘할 수 있음을 보여드리지요!"

어쨌거나 약간의 잡음 뒤에 학자들도 모두 운현의 새로운 방식을 받아들였다.

의원, 무인. 그리고 학자.

운현을 따르기로 마음먹은 자들이 운현 의방에 완전히 남았다.

*　　　　*　　　　*

조용한 가운데 움직임이 있다.

얼핏 말장난인 듯 보이는 말이지만, 무공에 있어 많은 것이 담긴 말이 정중동이다.

여기서 조금 확대해 보자면 무공뿐만 아니라 세상사에서도 쓰기에 따라서 여러 가지로 쓰일 수 있는 것이기도 했다.

세상 모든 걸 담으려는 게 무공이 아닌가. 그러니 말이 되는 이야기다.

운현도 거기서 착안을 했다.

'움직이되 움직이지 않는 게 중요한 거겠지.'

움직이되 움직이지 않으며, 지켜보되 지켜보지 않는 듯 거리를 두기로 하였다. 말장난 같지만 실제로 실행을 하고 있었다.

"바로 시작하죠. 삼권호. 그리고 인명석 올라오세요."

"예!"

"알겠습니다!"

운현이 가운데 선 연무장.

그의 부름을 받자마자 삼권호와 인명석 둘 모두 한달음에 연무장 위로 뛰어오른다.

어째서인지 그들의 표정은 밝기만 했다. 전에 비해서 훨씬 시원스러워 보이는 표정이었다.

얼마 전까지만 해도 연무장에 오를 때마다 죽을상을 하던 모습과는 확실히 대조되는 모습이다.

그러곤 운현이 아닌 서로를 바라보며 자세를 잡는다.

"이렇게 붙을 줄은 또 몰랐습니다?"

"앞으로는 자주 하겠지."

"그것도 그렇군요."

스르릉—

검을 사용하는 인명석은 검을 빼어 들고, 그를 상대로 한 삼권호는 검이 아닌 자신의 주먹을 느슨하게 쥠과 동시에 자세를 잡는다.

누가 이길지는 둘 모두 어느 정도는 예상하고 있다.

'삼권호겠지.'

아직 인명석은 모든 나쁜 습관을 잡아내지 못했다. 경지 또한 삼권호가 더욱 높은 터.

인명석이 낭인으로 떠돌며 많은 경험을 쌓았다지만, 삼권호 또한 떠돌며 쌓은 경험이란 게 있다.

경험은 비슷하지만 경지에 차이가 있다면 이미 결론은 내려져 있는 것이나 마찬가지다.

하지만 이곳에 나서는 둘 중 그 누구도 이미 내려진 결론에 절망을 한다거나, 시시하다는 듯한 표정을 짓는 자는 어디도 없었다.

그들은 무인.

실력의 고하를 나누는 데 인생을 걸고, 그 인생을 건 경지라는 것에 모든 걸 쏟아붓는 자들이니까!

"갑니다!"

탓.

자신이 하수라는 걸 인정하는 인명석이 먼저 발걸음을 내디딘다.

얼마 전부터 익혀 가는 쾌의 묘수를 이용하여, 삼권호를 초반부터 압박하려고 하는 게 분명하다.

'좋은 수.'

인명석의 판단은 옳았다.

공격이 가장 좋은 방어라는 말이 괜히 있는 게 아니듯, 자신이 하수임이 분명할 때는 선공을 먼저 취함이 옳다.

선공으로 조금이라도 선수를 먹고 들어가야 그 뒤를 노리더라도 더욱 제대로 노릴 수 있는 법이니까!

"오게나!"

달려드는 인명석의 기세에도 삼권호는 절대 지지 않았다.

되려 어서 오기라도 하라는 듯 한 점의 물러섬도 없이 맞설 뿐이었다.

피하는 대신 맞서길 택한 그는 자세를 고쳐 잡을 뿐이었다. 자신의 오른쪽 어깨를 뒤로 향하고, 느슨하게 쥐었던 주먹을 더욱 강하게 잡는다.

그러면서 동시에 왼쪽 어깨를 비트는데, 그 자세가 인명석의 입장에서는 찌를 만한 공간이 확 줄어들어 보일 게 뻔했다.

몸을 조금씩 비틀고, 인명석에게 정면으로 보이지 않음으로써 인명석의 쾌검이 날아들 만한 공간을 확연히 줄인다.

공간을 줄이고 예측할 만한 범위 내에 인명석의 검을 두려는 삼권호의 의도가 눈에 보일 정도였다.

'이쪽도 좋군.'

권사가 검법을 상대하는 데 있어 확실한 정석이다!

정석을 무시하는 자들이 많지만, 정석이란 건 가장 많은 경우에서 효과적이기에 정석이라 불리는 거다.

어설픈 수였더라면 감시 정석(定石)이라고도 불리지 못했을 거다.

스사사삭―

인명석의 쾌검이 삼권호를 향해서 찌를 듯 다가들어 간다.

일순간 너무 빠른 속도에 찌르는 것처럼 보이지만 실상은 베기 위해서라는 걸 연무장 위에 있는 자들 모두 안다.

'물러나야겠군.'

생각을 함과 동시에 운현이 뒤로 물러난다.

인명석의 공격 진로를 방해하지 않기 위해서다.

둘의 대련을 방해해서야 대련이 제대로 이루어지지 않기 때문이다.

저들도 미리 예상하고 있는 듯했다. 운현이 물러서는데도 시간조차 주지 않는다.

그의 물러섬과 상관없이 치열한 공방을 이어 나갈 뿐이었다.

'좋군. 좋아.'

인명석이 검을 내지르면 삼권호는 피해 낸다.

절정에 이르며 권기조차도 사용을 할 수 있지만, 그마저도 아낀다.

죽는 그 순간까지도 자신의 기를 아끼고 또 아끼는 것이 낭인의 습관!

혹시나 예상치 못한 일이 벌어졌을 때를 대비하여 가지는 습관이다. 모든 일에 장점과 단점이 있듯 낭인이 가진 습관 중에서는 가장 좋은 습관이다.

대비를 하지 않고 당하는 것보다는 대비를 해서 당하지 않는 것이 좋음은 코찔찔이 어린아이라도 알 만한 일이니까.

내지르면, 피하고.

자신의 주먹이 완벽히 뻗어나갈 만한 공간을 잰다.

상대의 일거수일투족을 계산해 가며, 점차 공세로 전환해 나아가는 삼권호.

그런 삼권호의 방식에 점차 먹혀들어 가는 게 마음에 들지 않기라도 한 걸까.

"하압!"

인명석이 검을 곧추세우며 공세를 다시금 전환한다. 베기를 중심으로만 하던 그의 검에 찌름이 더해진다.

한 가지 수를 더함으로써, 베는 것을 막고 피하는 것에 익숙해져 가는 삼권호의 방식에 착오를 주려는 게 분명해 보였다.

'습관을 많이 버렸군.'

그런 그들을 운현이 유심히 바라보고 있다.

물론 가만히 있는 것만이 아니다.

그의 몸도 대기 상태였다. 둘의 실력 차이가 완벽하게 나지는 않으니 언제든 일이 벌어지면 튀어 나가기 위한 대기다.

그러면서도 운현의 몸도 동시에 움찔거리고는 하는데, 둘의 대결을 보면서 자신도 모르게 반응을 하고 있는 듯했다.

인명석의 검을 어찌 막을지, 방어를 하면서도 공세를 점차 가져가는 삼권호의 방어를 어찌 뚫을지를 자신도 모르게 상상하고 있는 거다.

그들을 제외하고 연무장을 바라보는 다른 무인들의 눈빛도 전부 그러했다.

일정 이상의 경지에 이르게 되면 육체가 아닌 눈으로 보는 것만으로도 수련이 된다는 말이 괜히 있는 게 아니잖은가.

다들 삼권호와 인명석의 대련에 집중을 하면서 자신들도 어찌할지를 가늠하고 있는 게다.

분명 대련을 벌인 둘로서는 그 모습에 손해를 볼 법도 했다.

무공이 비인부전으로 전수되는 이유는, 이러한 대련과 관전에서 손해를 보기 때문이니까!

그래도 저들의 대련을 가장 처음 벌이게 만든 운현이,

"그 손해는 제가 메워드릴 겁니다."

라고 장담을 했으니 인명석이나 삼권호 둘 모두 저리 마음 놓고 치열하게 대련을 벌일 수 있는 거였다.

어쨌거나 뒤의 속사정은 상관없이 대련을 계속되어 갔다.

'좋군. 하지만 역시 잔실수가 좀 있어.'

그들 가운데 운현이 눈을 빛내며 그들의 무공을 살핀다. 방식을 살피고, 다시 잘못된 습관을 살핀다.

나서되 나서지 않는다고 하지 않았던가.

고하를 따지기로 마음을 먹었고, 이제부터는 의명 의방의 가장 윗선이자 무인들을 이끄는 자로서 그저 나서기만 하기엔 그의 자리가 무겁다.

그 자신이 아직 활발히 움직일 수 있다고 하더라도, 상관없다.

사람이 자리를 만든다지만, 때로 자리가 사람을 만들기도 한다 하잖은가.

의명 의방에 있는 그의 자리는 그가 지금처럼 공개적인 곳에서 마음껏 움직이지는 못하도록 옥죄고 있었다.

불만? 그가 만든 자리니 불만은 없다.

'게다가 꼭 움직이기만 할 필요는 없지.'

움직임은 삼권호가 대신한다. 자신을 대신해서 움직이는 삼권호를 운현은 살피고 또 살필 뿐이다.

전처럼.

그러니 그가 움직이지 않는다고 하더라도 대련을 통해서 문제를 살피고자 하는 건 달라진 바가 없다.

그러곤 끊임없이 살핀다. 계속해서 끌어올릴 수 있도록.

운현이 새로 택한 방식으로 움직이고 있었다.

第三章
어이쿠?

연무장의 열기가 점차 강해져 가는 것은 당연하디당연했다.

이곳에 있는 자들 대부분이 무인이니까!

운현이 그러한 것처럼 저 자신도 모르게 빠져들고, 움찔하며 대련에 빠져들어 가는 게다.

하지만 정작 무인이 아닌 자들은 그런 이들의 모습에 함께 동참을 할 수 없었다.

그들의 정체?

그들은 무인이 아니라 의원!

무공에 인생을 걸기 이전에 사람을 살리겠다고 의술에 몸을 담은 이들이 바로 의원들이다.

몸을 움직이고, 사람을 상하게 하는 무술과는 아무래도 배치되는 자들이 의원 아닌가.

사람을 살리다 보니, 부상을 당하고 때로 쉽게 중상을 입기도 하는 무인들을 가장 가까운 곳에서 상대하는 게 의원이기는 하지만!

저런 대련에 무인들과 함께 빠져들어 갈 만큼 무술에 흥미를 가진 자들은 의원들 중에서도 거의 없었다.

그나마 빠져든다고 하는 자들은, 우진처럼 젊은 의원 몇명인 터.

'대단한데?'

그들이야 아직 살아갈 날이 많은 데다가, 꿈을 꾸기에 충분한 나이지 않은가.

게다가 눈이 휙휙 돌 만큼 빠른 공방이라니. 젊은이들이 흥미를 가지기에는 충분했다.

반대로 중년에 다다른 자들은,

'저러다 부상자 한 명 나오지 않으려나.'

'어이쿠. 저러다 하나 죽지.'

오랜 경험에서 몸을 사리는 건지 몰라도 걱정이 많았다.

특히나 얼마 전까지만 하더라도 운현이 보여 줬던 여러 일이 있지 않았던가.

그때만 하더라도 그가 직접 대련을 벌였었다. 그러곤 중상만 아니었지, 며칠 요양할 만한 내상과 외상을 쉽게 만들어 냈던 게 운현이다.

무공을 익힌 무인들이 보기에는 전보다 상황이 나아진 것이었지만, 의원들이 보기에는 그때의 악몽(?)이 되살아난 것으로 보일 뿐이었다.

그리고 이제부터는 저걸.

'우리가 해야 한단 말인가.'

그들이 해야 할지도 모른다는 두려움에 몸을 부르르 떨고 있었다.

그들의 떨림과 상관없이 시간은 야속하게만 지나갔다.

의외로 인명석이 선방하여 공방의 일보일퇴가 계속되었기는 하지만, 시간이 지나갈수록 알 만한 사람은 눈에 보이기 시작했다.

'힘의 밀도 차이가 심하군. 절정과 아님의 차이인가. 흠…….'

곧 삼권호가 이길 것이라는 게 보이기 시작한 거다.

그로서도 자신이 직접 대련을 할 때와 다르게 눈으로 봄으로써 얻는 게 또 여럿 있었다.

그의 그런 깨달음과는 상관없이 처음에는 운현. 그다음에는 연무장 주위를 빙— 두르고 있는 무인들이 삼권호의 우위를 확실히 느꼈다.

"타앗!"

"이제 끝을 보지!"

"큽……."

그러곤 삼권호의 주먹이 인명석의 복부에 작렬하던 그 순간.

"허엇!"

"끝인가 보오."

치열하기만 한 일진일퇴를 제대로 읽지 못했던 의원들도 그제야 삼권호의 승리임을 그대로 직감했다.

아니, 정확히는 삼권호의 승리를 그나마 끝이라도 제대로 봤다는 게 옳은 표현일지도 몰랐다.

"흐읍…… 흐."

모든 이들이 승리를 직감한 그 순간까지도 인명석은 고통을 표하고 있었다.

"미안하군."

"아닙니다. 크흐……."

운현의 무지막지한 악행(?)으로 자신의 초식을 펼치는 도중에 끊어 칠 수 있는 삼권호기는 하다.

하지만 아무리 그라 해도 쉼 없이 공방이 오고 가는 대련에서, 마지막에 힘을 빼는 건 역시나 지난한 일.

마지막 일수를 먹으면서 최대한 타격이 가지 않도록 하기는 했지만 역시 어느 정도 타격이 있었던 것은 어쩔 수 없었던 듯하다.

그래도 인명석도 그동안의 경험이 어디로 간 건 아니었는지,

"……제대로 한 수 배웠습니다."

고통을 수습하고서는 깊게 포권을 해 보였다.

이번 대련에서 무얼 얻었는지는 몰라도 분명한 건 진심이 보였다는 거다.

"나야말로. 많이 얻었네."

삼권호도 그런 인명석에 맞춰 포권을 해 보였다.

"와아아!"

그를 바라보던 연무장 한편에서는 무인들의 박수 소리가 들려온다.

조금이라도 젊은 무인들의 경우에는 환호성을 지르는 자도 있을 정도였다.

운현을 제외하고는 최고수나 다름없는 삼권호, 그를 상대하는 인명석. 둘의 대결에서 무인들로서도 얻은 바가 꽤 되는 듯했다.

보기 좋은 흐뭇한 광경.

그 광경을 직접 만들어 냈다 할 수 있는 운현도 빙그레 미소를 짓고 있었다.

그도 보기 좋았다.

다들 그런 모습으로 하나 되는 것도 좋았다.

'이런 걸 단결심이라 하던가. 이런 식으로도 사람들을 묶을 수 있겠군' 하는 생각도 했을 정도였다.

보기 좋은 장면이었다.

그래도 그로서는 다음을 또 생각해야 했다.

삼권호와 인명석의 것도 봐줘야 했으며, 그다음은 자신들이겠거니 몸을 부르르 떨고 있는 의원들도 챙겨야 하는 게그다.

'저들부터가 좋겠군.'

운현이 의원들을 스윽 보자,

"으."

"드디어인가."

의원들의 몸이 부르르 떨린다. 기도 없는데 감이 좋았다. 자신들이 무얼 해야 할지를 안다.

그의 시선이 돌아와 다시 삼권호와 인명석 둘에게로 향한다.

대결의 승패야 운현이 나눌 것도 없었지만, 그로선 해야 할 게 따로 있었다.

"대련 종료!"

"감사합니다."

"한 수 배웠습니다. 이제 다음은 무엇입니까?"

삼권호의 짧은 답과 의욕이 넘쳐 보이는 인명석의 답. 그들다운 성격의 답이 나온다.

인명석으로서는 고통을 상쇄한 지 얼마나 되었다고, 바로 다음 대련을 하게 되더라도 나서려는 듯 보일 정도였다.

아쉽게도 운현으로선 인명석의 희망은 들어주기 힘들게 됐다.

"나와 무사들은 의원들을 가르치러 갈 것이니."

"그럼 저희는?"

"두 사람은 먼저 말한 바를 지켜야 하지 않겠소?"

"아……."

운현의 바뀐 말투에 이미 적응이 된 게 오래인지 바로 반응이 나왔다.

"복기부터 하고 계시게."

"알겠습니다."

"크……."

활동적인 인명석으로서는 가장 하기 힘들어하는 게 복기.

그의 성격으로는 고통스럽다 하더라도 대련 한 번 더 뛰는 게 낫지, 복기는 그닥 취향에 안 맞는 짓이었다.

덕분인지 인상을 잠시 찡그린다.

그러다 이내 운현의 앞에서 그러는 것도 예의는 아니라는 삼권호의 눈짓에 그제야 표정을 푼다. 운현의 앞에서 자신이 실수를 했다는 걸 깨닫고 움찔하기까지 하는 그였다.

허나 운현으로서는 되레,

'재밌네.'

물과 불처럼 성격 차이를 드러내는 둘의 모습에 흥미를 느끼고 있을 정도였다.

어떻게 전혀 맞지 않을 수 있는 성격을 가진 둘이서 이리도 잘 맞게 된 건지.

자신이 의명 의방이라는 곳에 둘을 묶기는 했다지만, 이리 잘 융화가 되니 흥미롭달까.

바깥의 일과, 약학. 그 외 다른 일들만 신경을 쓰고는 했는데 막상 자신이 만든 의방도 살펴보니 꽤 재밌는 일이었다.

"그럼 먼저 복기부터 하러 가겠습니다."

"고생하게."

"신의님이야말로요. 그럼⋯⋯."

포권을 해 보이고서는 삼권호를 필두로 하여 인명석이 떠난다.

연무장 한편으로 쭉 이동을 해서 가는데, 자연스럽게 그 둘을 따라붙는 무인들도 꽤 되었다. 그 수가 열댓 명 정도이니 적지는 않았다.

복기는 보통 대련을 한 자만 하는 것이 상례. 그런데도 같이 움직인다는 것은.

'복기를 같이할 생각인가. 그도 좋겠군.'

전에 없던 방식으로 움직일지도 모른다는 것인데, 그건 그거대로 나쁘지 않을 거라 생각을 하는 운현이었다.

어쨌거나 그들을 따라갈 만한 무인들은 빠지고.

다시 또 대련을 구경 왔던 몇몇의 이들도 조용히 연무장 주변에서 빠진다.

둘의 치열한 대련을 보고 흥분을 했는지, 표정에 흥분을 감추지 못한 자들이 다수긴 했지만 일부는 또 어느새 진지한 얼굴을 하고 있었다.

그들도 이번 대련을 봄으로써 또한 얻은 바가 따로 있을 게 분명했다.

'좋군.'

가만히 멈춰 있는 것보다는 나아가는 게 낫다. 설사 그 나아감에 부작용이 있다면 그때는 운현이 나서 치료하면 될 일이다.

자신이 시키지 않아도 무인들은 알아서 앞을 내다보고 높은 경지로 향하려 하고 있으니 나쁠 수가 없었다.

다만 조금 걱정이 되는 자들이 있다 하면 역시 남은 자들
이랄까.

"이제 시작하지."

"옙!"

"바로 움직이겠습니다!"

운현의 명에 우렁차니 움직이는 무인들. 그들이 따로 움직
이지 않는 건 오늘 운현에게 명받은 바가 있기 때문.

그리고 그와 대조적으로,

"예이."

"알겠습니다아."

우렁차기는커녕 하기도 전에 힘이 잔뜩 빠진 채로 움직이
기 시작하는 의원들이 있었다.

'잘하겠지.'

아주 옛날.

자신이 아주 어리기만 하던 때, 반쯤은 학대라고 생각할
만큼 수련을 하기 싫어했던 자신의 모습이 아비에게는 저리
보였을까.

운현의 시선이 닿을 때마다 움찔거리며, 움직이는 속도를
겨우겨우 붙여가는 의원들의 모습을 보며 옛 생각을 떠올리
는 운현이었다.

"자아, 이쪽입니다! 미리 지급드린 옷도 같이 챙기시지
요."

왕훈의 우렁찬 목소리에 의원들이 또 놀란다.

"여기가 아니오?"

의원들 중 하나가 나서 물으니, 왕훈이 허허롭게 웃으며
답해 준다.

"아이들도 있잖습니까. 저희야 괜찮지만 의원님들께서는
아이들이 보기에는 좀 그러하지 않겠습니까?"

"크으…… 거 어쩔 수 없구만."

왕훈은 당장 상황을 즐기고 있는 게 분명한 듯했다. 인상
을 찡그리는 의원들의 모습을 숫제 즐기듯 바라보고 있었다.

"안내 부탁하겠네."

"아무렴요!"

그들을 이끌어 가는 무인, 어찌어찌 따라가는 의원들을
보고서는 운현 또한 발걸음을 옮겼다.

'가 볼까.'

어쩌면 그의 실험이 될 수도 있는, 잘못하면 쓸데없는 짓
이 될 수도 있는 일이지만 이미 정한 바가 아닌가.

해 볼 수 있을 때까지 해 볼 요량을 가지고서 그 뒤를 따
라가는 운현이었다.

                    *   *   *

　'아직 어수선하군.'

　연무장, 아이들을 가르칠 곳, 숙소.

　그것만으로 해도 운현의 의방은 의방치고 그 크기가 꽤
커지게 된다. 이미 오래전에 공사가 끝난 지 오래지만 당시
엔 등산현에서 가장 큰 공사였을 정도다.

　여기에 한동안 없었던 공사가 다시 시작됐다.

　근래에 들어서 의명 의방에서 하는 공사는 꽤 오랜만인지
라 목수들도 즐거워했을 정도다. 돈을 잘 쳐주니 왜 아니 그
럴까.

　하지만 공사라고 해서 날림으로 할 수도 없으니, 원하는
것이 만들어지기까지는 꽤 오랜 시간이 걸리긴 할 게다.

　예상만 적어도 몇 달이다.

　그 사이에 운현이 손을 놓고 있겠는가.

　마음 같아서는 주변이 뻥 뚫린 연무장에서 바로 시작하고
싶었지만, 한올의 반대에 바로 부딪혔었다.

　"의원들이 그 짓을 하면 꽤 끙끙댈 거 아닙니까?"

　"그러겠지. 자네들도 그러할 거고."

　"그러니 안 됩니다!"

　"대체 왜?"

"상하를 나눈다고 한다면, 신의님뿐만 아니라 다른 이들도 나뉘어야 합니다. 그런데 그래서는 상하를 나누기 힘들지요."

"조금 지친 거 보여 준다고 그리 되겠는가."

"그리 됩니다!"

근래 들어 운현의 말이라면 죽는시늉까지도 해 주는 그이지만, 연무장에서의 수련은 전으로 돌아간 듯 반대가 아주 극심했다.

의명 의방이 상하를 나누고, 조직답게 돌아가려면 아직은 제 몫을 못한다 할 수 있는 아이들에게 그런 모습을 보여줘서는 안 된다는 소리다.

대다수 아이들이 무공을 익히고 잘 따라라고 있는데, 의방의 어른인 학사나 의원들이 끙끙대는 걸 보여서야 권위가 없어진다던가.

"……뭐 어쩔 수 없겠지. 알겠네."

"그럼 바로 목수들부터 부르겠습니다!"

결국 오랜만에 총관인 한울의 말에 따라 의명 의방이 공사를 하게 됐다.

운현으로서도 생각을 해 보니, 그게 또 맞기도 한지라 약간 의방이 어수선해진 걸 제외하고는 별달리 불만은 생기지도 않았다.

그저 문제라고 한다면야,

'저래도 괜찮을는지? 쯧…… 눈으로 보이지만 않을 뿐이지 않은가.'

연무장도 안 되고, 공사도 끝나지 않아 임시로 사용하고 있는 곳이 문제랄까?

방음도 제대로 되지 않아서는,

"어이쿠."

"나 죽는구만!"

의원들이 끙끙대는 소리가 바깥까지 들릴 정도다.

점쟁이가 자기 점은 볼 줄 모르듯 의원도 마찬가지인 경우가 많다. 다른 사람 몸은 볼 줄 알아도, 자신의 몸을 살필 줄은 모른달까.

평소 몸을 단련하는 자는 적다 못해 소수인 터라, 아주 끙끙 앓는 소리가 커도 너무 컸다.

임시로 마련한 곳의 크기가 그리 크지 않아서 소리가 더욱 크게 울려 퍼지는 경향도 없잖아 있었다.

저래서야 공개적이기는 해도 연무장에서 수련을 하는 게 낫다고 생각하는 운현이지만.

'자기 선택이라니 어쩌겠나.'

근래 들어 반항이라곤 전혀 하지 않는 한울의 한 서린 외침이 있었으니 들어줄 수밖에 없었다.

"그래도. 아무리 생각해도 창고는 너무한데…… 흐음."

저들이 좋다는데 어쩌겠는가.

방음은 안 돼도 사방이 벽으로 막혀 있기는 해서 시각적으로나마 아이들에게 보이지를 않으니 만족을 하는 듯 보이긴 했다.

삐걱—

운현이 발을 한걸음 내딛자, 삐걱대는 소리가 그의 귀를 간질인다.

뒤이어서 퀴퀴한 공기까지 느껴지는 건 덤이었다.

근래 의명 의방은 따로 목수들에게 시켜 크게 개조한 창고를 쓰는 터. 이 창고는 꽤 오래 사용치 않은 채로 방치됐다 보니 나는 퀴퀴한 냄새였다.

'저래서야 수련이 되는 건지 아닌 건지……'

더 불만을 말해서 뭣하랴.

당장 저들이 원하는 데서 수련을 하는 대신에, 열심히 하겠노라는 대답을 들었으니 그것으로 위안을 삼을 수밖에.

"좀 더 다리 벌립니다!"

"이만큼이면 충분하잖소!"

"안 됩니다! 어서요!"

"크으……"

불만을 삼키고서는 끙끙대는 의원들을 가만 살피고 있자,

그를 알아보는 자가 하나 있었다.

"오셨습니까?"

왕훈이다.

운현의 명령으로 중심이 되어 의원들을 가르치고 있는 그다. 구배지례를 받지도, 받을 생각도 없기는 하지만 의원들에게는 사부랄까.

"잘하고 있군."

"과찬이십니다. 아직은…… 아이들보다 느리기는 합니다."

"그거야 예상했던 바가 아닌가. 우직하니 시킬 수밖에 없지."

"열심히 해 보이겠습니다."

임시 장소에서 가르치는 것에 불만이 많은 운현이지만, 적어도 왕훈에게만은 불만이라고는 단 하나도 없었다.

아이들을 가르치는 사부로서의 역할도 충실히 잘해 낸 그인지라 의원들의 교육도 맡겨 놓았더니 생각 외로 잘했다.

단계별 수업이랄까.

잘 따라오지 못하는 의원은 깊게 가르칠 줄도 알고, 곧잘하는 의원은 따로 다른 무사부들에게 다음 단계로 넘어가도록 하고 있었다.

"주, 죽어. 그마안! 그만 다리 벌리쇼!"

"해야 합니다!"

"으아아아!"

의원들은 그런 왕훈의 배려도 모르고 소리를 꽥꽥 질러대기는 하지만, 운현이 보기에는 아주 제대로 된 수업이었다.

창피한 줄도 모르고 이래저래 못 볼 꼴을 보이고 있는 의원들을 쓰윽—보던 운현이 왕훈에게로 더 가까이 다가갔다.

"몇 명이나 따라오는가?"

"반수는 따라옵니다. 대부분 젊은 의원들입니다."

"그래?"

"예. 중년에 드신 분들은 아무래도 무리인 듯합니다. 그나마 호신으로 몸 좀 단련하신 분은 좀 낫기는 합니다만은……."

"예상대로군. 어쩔 수 없는 일이겠지."

"예."

반수라고 하면 의원들 마흔 명 이상은 따라온다는 소리다. 의술의 고하를 따로 떼어 놓고, 무공만 따라오는 자들만 따지면 그렇다는 소리였다.

중년이야, 이제 와서 무공을 익힌다 해서 대성이 되기야 하겠는가.

괜히 운현의 아버지인 이후원이 어려서부터 운현을 학대하듯 무공을 가르친 게 아니다.

무공이란 이른 나이에 배우면 배울수록 대성을 하기 쉽다.

어려서부터 익히면 더 많이, 더욱 오래 무공을 익혀서이기도 하지만 무엇보다도 전신의 세맥이 어릴수록 덜 막히기 때문이다.

'따지자면 그 외의 이유도 많지만……'

중요한 건, 무공이란 건 어린 나이에 익혀야만 유리하다못해 절대적이라는 거다.

해서 십 대 시절에 무공을 익히지 못할 경우, 문파에서는 어지간히 특수한 경우가 아니고서야 외제자로도 받아주는 일이 없지 않던가.

저 중년들을 가르친다고 하더라도 대성을 하기에는 요원한 일이다.

그래선지 왕훈의 표정에도 대체 왜 이 일을 하는가에 대한 의문이 어려 있었다.

의방의 수장인 운현이 시키니 하기는 한다지만, 저들에게 무공을 가르친다고 해서 얻을 수 있는 게 있기나 하느냐는 태도가 어쩔 수 없이 녹아 있었다.

"따라오지 못하는 자도 계속 지속합니까?"

"물론이네."

"차라리 아이들을 가르치는 것이 낫지 않겠습니까?"

"아이들은 아이들대로 그대로 갈 걸세. 저들은 저들대로 갈 것이고."

"명하신다면 계속하기는 하겠습니다만은…… 솔직히 그 효용은 잘 모르겠습니다."

전의 운현이라면 거창하게 설명을 해 줬을지도 모르겠다. 납득을 시키고 일을 시켜야만 제대로 일을 수행할 수 있다 믿는 그였으니까.

하지만 지금으로서 그러한 설명보다는 행동과 결과로서 보여 주는 게 더 낫다 생각하고 있었다. 상황이 급하니 설명은 차후가 된다 보는 게다.

"지켜보면 될 걸세. 그 뒤에 결과가 나오면 알게 될 걸세."

"그때까지는 최선으로 가르쳐야 하는 것이로군요."

"그러네. 다 효용이 있어 하는 일이니, 우선은 저들을 잘 부탁하지. 믿겠네."

"염려 마시지요!"

믿는다는 운현의 말에 감격이라도 한 건지, 척하고 포권을 해 보이는 왕훈이었다.

그동안 운현이 보인 바가 있으니 당장 납득은 안 돼도 어떻게든 믿으려는 듯했다.

'저들도 잘 믿고 따라와 주겠지.'

그 사이에도, 잔뜩 끙끙대는 의원들을 보면서 반쯤은 걱정과 또 반쯤은 자신이 만들어 낸 변화에 대한 기대를 품는 운현이었다.

第四章
지급하다

　처음 시일이 얼마 지나지 않았을 때 의명 의방에는 꽤 재 밌는 장면들이 나왔다.

　"아구. 거 침 좀 잘 놔보게나."

　근육통에 시달리고, 굳어 있는 몸이 일정 부분 풀어지는 과정에 있다 보니 몸이 오죽 쑤시겠는가.

　병자가 되기라도 한 양 굴었다.

　누군가는 보약을 찾기도 하고 또 누군가는 침을 찾아 침 술로 해결을 보려 했다.

　연습보다는 실전이 실력 상승에는 최고라는 말이 괜히 있 는 게 아닌 듯 이게 또 묘하게 성과가 있었다.

일취월장까지는 아니더라도, 잔병이나 다름없는 몸의 쑤심, 피로, 굳음 등을 치료하면서 기초가 늘어났달까.

적어도 침을 놓는 것에 대한 '감'은 전에 비해서 더욱 강해진 모습이었다.

"아웃! 거 잘 놓으라고! 따갑지 않은가."

"나도 근육통에 손이 떨려서 그렇지. 거, 정 그러면 이번에 배운 운기라도 하라고 하지 않는가?"

"그건 무리지. 어차피 기감도 안 느껴진다고! 그러니까 어여 침이나 놔."

"거 사람하고는. 알겠네. 알겠어."

아쉬운 게 있긴 했다.

그들이 운현으로부터 배우라 말을 들은 운기법을 자주 돌리지 않는 게 흠이라면 흠이랄까.

그동안 운현이 쌓아 온 경험을 통틀어 만든 기초적인 심법을 의원들에게 익히도록 했는데도 그 진도가 유독 나가지를 않았다.

무려 운현이 직접 개량하여 만든 것인데도 그러했다!

원회공심법(原回功心法).

기초적인 심법답게, 기본적인 토납법을 운현이 개조하여 만든 것이 원회공심법이다.

기초라 할지라도 심법을 개조하는 건 쉬운 일이 아닌 터.

그게 그리 쉬웠더라면 저잣거리에 있는 무공서적들도 모두 효용이 있었을 거다.

말이 금방이지 운현으로서도 꽤 오래전부터 무공에 대한 개량을 해 왔기에 금방 된 것이었다.

게다가 기운을 세밀하게 느끼고 조율할 수 있는 그가 아닌가.

그이기에 비교적 짧은 시간 안에 안정적이며 몸을 풀어 주는 데는 제격인 심법을 만들어 냈다.

실상은 심법이라는 이름을 붙이기에는 효율이 조금 낮고 토납법에서 조금 나은 정도기는 하지만 그래도 그게 어딘가.

새로운 걸 만들어 낸다는 거 자체가 쉬울 리가 없다.

그래도 심법 자체의 성능이 낮으니, 심법의 공능을 느끼기에는 당장 의원들로서도 힘든 듯했다.

내력이 팍팍 차오르면 재미라도 붙을 터인데, 그런 재미도 붙지 않았다는 소리다.

진기도인을 해 줘도 당장 기감을 느끼지 못한 자도 꽤 있을 정도다.

그러다 보니 의원들의 성취감이 낮고, 잘 익히지 않는 거 같은 상황.

하지만 나름 운현으로서는 그의 정수를 넣은 심법이다.

어릴 적의 비결들을 죄다 박아 넣은 심법이랄까.

무려 다른 비법들도 아니고, 그가 어릴 적 몸을 강건하게 하기 위해 기를 연구하면서 얻은 비법들을 넣은 심법이 원회공심법이다.

'내력은 조금 덜 쌓이더라도.'

몸에 공력이 녹아들게 하면서 몸을 좀 더 강건하게 하는 게 핵심.

굳어 있는 몸이라고 하더라도, 오래 지속하다 보면 그 몸을 풀어주게 되고 더욱 강건하게 해 주는 게 원회공심법의 효용이었다.

대문파까지는 아니더라도 중소문파에 흘러들어 가면 어린 제자들을 위해서 익히게 할 만한 수준은 됐다.

문제는 그런 효용을 느끼기도 전에 그걸 익혀야 하는 의원들이 재미를 붙이지 못한다는 건데.

그 부분까지는 당장 같은 의원들을 이끌어서 심법을 시켜야 하는 우진으로서도 손을 못 썼다.

그들을 곧잘 이끄는 총관 한울로서도 해결을 하지를 못했을 정도이니, 시일이 조금 걸릴지도 모를 일이었다.

"어휴. 오늘은 자네가 진료인가?"

"그러네만."

"그냥 내가 진료를 봐도 되네만?"

"자네는 수련 가야지! 어딜 내빼려고!"

"쳇. 거 야박하기는. 거 가겠네 가겠어."

그나마 위안을 삼을 만한 거라고는 하나.

싫다고 끙끙 앓으면서도 적응을 하기는 하는 건지, 수련장에는 꼬박꼬박 나와서 육체적인 기초를 다지고 있다는 점 하나다.

알게 모르게 운현에 대한 충성도가 높은 건지 말로는 툴툴대도 곧잘 듣는 의원들이었다.

그렇게 그들이 기초를 다져가는 시간이 차차 지나가던 터.

'속도를 더 내게 해야겠어.'

운현이 조용히 한올과 우진을 불러들인 건 결코 우연만은 아니었을 게다.

＊　　　＊　　　＊

인기척이 느껴진다.

똑똑. 짧게 문을 두드리는 소리가 들려온다. 기감을 읽어보니 운현이 원하는 자다. 부른 이가 그이니 반응이 빠를 수밖에 없다.

"들어오게나."

"예."

부드러이 문이 열리고 한울이 안으로 들어선다.

전보다는 자연스레 집무실에 있는 운현을 보면, 그로서는 감격할 법도 했다.

총관인 한울의 소원이라 할 수 있는 건 하나. 운현이 진료실 아니면 집무실에 있는 것이다.

덧붙이자면 약재실이나, 연무장 같은 곳에 있는 건 최악이었고 말이다.

그런 운현이 집무실에 있는데도 한울이 운현을 바라보는 표정엔 반가운 기색이 전혀 없었다.

피로감, 약간의 낭패감, 힘듦과 같은 그런 감정이 반가움을 대신하고 있었다.

평소 그답지 않은 모습. 피로함에 표정 관리를 잘 못하는지라 더 티가 났다.

영문을 모르는 자가 보면 운현에게 군주에 대한 예를 보여야 할 한울이 보일 만한 표정인가 하고 자문을 해 봤을 거다.

'적응이 어렵나. 하기는 많이 굴리긴 했지.'

일의 원흉은 다름 아닌 운현이다.

의원들뿐만 아니라 의방의 학사도 무공의 기초를 닦게 몸을 단련시키는 건 이미 알려진 바다.

여기에 추가로 운현이 무공 교두들에게 따로 명령한 게 하나 있다.

다름 아닌 한울을 다른 이들보다 더 굴려달라는 명령이었다.

표면적인 이유로는 한울이 학사들을 이끄는 자이니, 가장 성과가 높아야 한다는 것이었다.

"자고로 윗사람이라면 모범을 보여야지요."

라는 말을 달고 사는 한울이 아니었던가.

그런 표면적인 이유에 아무래도 반박을 할 수가 없었다. 자신이 말한 바인데, 어찌 안 지킬 수가 있겠는가.

그런 상황에 무공 교두를 맡은 자들만 신났다.

그 신남은 각기 개성을 지닌 무공 교두가 된 무사들이 혹독하게 수련을 몰아붙이는 데 충분한 의욕을 주었다.

"평소 좀 깐깐했지."

"허허. 왜 아니 그런가. 거기다 평소 호신도 한다고 좀 했으니…… 약간은 좀 굴러도 되지 않겠는가?"

"아무렴!"

거기에 덤으로 한울이 평소 총관일을 하면서 무사들을 좀 갈궜는가.

조금만 문제가 되면 갈구고, 수련을 하다가 비품이 망가지면 갈구고, 아이들이 잘못되면 스승인 것을 이유로 또 갈

궜다.

그로서는 총관으로서 악역을 맡아 할 일을 했을 뿐이긴 하지만, 어디 당하는 입장에서 그걸 이해해 주겠는가!

미워하지는 않아도, 깐깐한 총관이라 생각하면서 내심 그들도 쌓인 바가 있었을 게다.

거기에 운현이 모범을 보이게 하라며 강하게 굴리라고 친히 명령까지 내려놓았으니!

한울은 다 잡은 물고기(?)나 다름이 없었다.

"끄으…… 왜 평소보다 강하오?"

"모범이 돼야 하지 않겠습니까!"

실행력은 아주 좋았다. 좋다 못해 넘쳤다.

차라리 기 수련을 하는 거라면, 아무리 무인들이라도 무지막지하게 굴리지는 못했을 거다. 기초이니 더더욱 쉽게 굴릴 수 있었다!

마보를 시켜도 다른 이보다 한 식경은 더 시키고. 구보를 시켜도 몇 바퀴는 더 돌렸다. 다소 유연한 편인 그의 다리를 한계까지 찢어주기까지 했다.

당해야 하는 한울로서는 죽을 지경.

그동안 쌓아 왔던 그의 체면을 지키기 위해서라도 최대한 버티고는 있지만, 그게 어디 쉽기만 한 일인가.

학자 특유의 끈기와 근성으로 버티는 것도 한계가 있지.

매일이 힘들었다.

'크으…… 내 이 무슨 꼴이란 말인가.'

자신으로서는 할 일만 했을 따름인데, 무슨 악감정이 있다고 이리도 강하게 밀어붙이나 싶을 정도다.

그래 놓고는 하루하루 훈련이 끝나면, 더 괴롭히기 위해서는 그가 여기서 무너지면 안 된다고 생각이라도 하는 듯!

"바로 침을 맞으러 가시지요. 아, 그거보다는 진기도인이 낫겠구려."

"괜찮소이다. 차라리 내 밤중 수련은 하루 쉬는 게……."

"아닙니다! 총관님이 모범을 보이셔야죠. 어서 누우시죠."

"크으…… 알겠소이다."

새로이 만들어진 사방이 가로막힌 수련장의 한가운데서 진기도인을 다 해 준다.

운현만큼은 아니더라도, 진기도인 자체가 기초적인 훈련으로 인한 근육의 뭉침이나 피로도를 잠시 풀어 주는 데는 또 제격 아닌가!

양민들로서는 감히 할 수도 없는 육체의 단련을 무림인들이 버틸 수 있는 근원이 바로 진기도인!

그 효용은 말할 것도 없어서, 효과는 굉장했다.

그러곤, 그걸로도 부족하다고 느꼈는지.

"가는 길에 의원들에게 꼭 보이시는 겁니다. 큰일 하실 분이 몸 상하셔서 어디 쓰겠습니까!"

"괜찮소이다. 업무가 다망한지라⋯⋯."

"그럼 제가, 의원분들께 따로 말씀드리겠습니다. 총관실로 보내면 됩지요?"

"하⋯⋯ 그러시오."

의원까지 아주 철저히도 보내 준다.

너무너무도 철저한지라 다 잡힌 물고기인 한울로서는 도무지 빠져나가려야 빠져나갈 수 없는 그물에 걸린 느낌이랄까!

수련의 지옥이 있다면 이곳일진대!

운현이야 어린 나이에 어찌 적응이라도 했지, 평생을 학사로 살면서 호신 수준이나 겨우 익혔던 한울로서는,

'하, 죽을 맛이로구나.'

수련의 고통이라는 걸 아주 깊게 체감하는 것밖에는 더 없었다.

성취감이고 뭐고를 떠나, 자신이 무슨 죄를 지어서 이렇게 총관일에 수련까지 병행을 해야 하나 회한을 했을 정도다.

일에 대한 의무감이 크다 못해, 넓고 깊기까지 한 한울이 자신의 일에 회한을 가졌을 정도라면 그 강도가 알 만하지 않은가?

무인들이 자신을 성심성의껏 더 열심히 가르치고!

의원들이 더욱 진지하게 치료를 하는 이유 중 일부가 자신이 총관일을 까탈스럽게 해서라고는 도무지 상상 못 하는 한울이다.

그로서는,

'이게 다 신의님⋯⋯.'

자신을 이런 고통의 굴레에 집어넣은 운현을 원망하는 것밖에는 달리 수도 없었다.

평소 일을 잘 처리하는 만큼이나, 까탈스러움을 조금만 줄였더라면 이런 불상사는 나지 않았을 거라고는 생각도 못한 그였다.

그의 성격이 때로 고지식하면서도, 정론을 표방하곤 하니 어쩔 수 없는 일일지도 몰랐다.

덕분에 그가 운현을 저리 바라보는 것도 당연하다면 당연했다.

충정. 덕의. 학사다움.

그것들로 무장을 하고 살아온 그이지만, 본격적 육체 단련이라는 것에는 그도 약할 수밖에 없는 것이다.

사람이란 새로운 것에 적응하기 이전에는 그 피로감이 상당하다는 걸 증명하는 일면의 모습이기도 했다.

전이었더라면 운현도 한울의 표정을 보고 찔끔하기라도

했을지도 몰랐다.

사람을 이끄는 자로서는 약간은 유약하다 싶은 운현이니까. 하지만 마음을 다잡고 나서부터는 좀 뻔뻔해졌다.

"괜찮은가?"

이유를 다 아는 주제에도 뻔뻔하게 묻는다. 얼핏 미소가 보이는 건 한울의 착각이었으려나.

"괜찮을 리가 있겠습니까?"

"나도 네 살 때쯤 겪어 보았던 일이네. 그때는 마보가 참…… 고통스러웠지."

"학자가 이런 일을 할 이유를 도무지 모르겠습니다. 자고로, 학자라 함은……."

소위 말하는 말발이라는 것으로 끝없는 수련의 굴레를 혼자라도 탈출해 보려 시도함인가.

때로는 진지하게, 느리면서도 빠르게, 또한 그러면서도 근거는 확실하게!

한 글귀의 글로 쓴다면, 아니 양민들에게 다른 주제로 이리 연설을 한다면 대번에 감동을 시킬 만한 주옥 같은 유창한 언어가 운현에게로 쏟아진다.

학자인 한울로서는 이 상황의 탈출을 위한 피 끓는 연설이었을지도 모를, 일생일대의 설득!

"……그러니 이제 그만 수련이라 하는 행위보다는, 자고로 총관으로서의 일에 집중을 할 수 있게 해 주십사 합니다."

"흐음."

하지만 그것을 들어야 할 운현은 침음성 한 번 삼키고 넘길 뿐이었다.

설득이 되기는커녕, 되레 한울이 무슨 말을 하든 간에 듣지 않으려는 기색이 뻔뻔할 정도로 전해졌다.

마지막이라는 생각으로 한울이 묻는다.

"많은 인원이 아직도 적응을 못 해서 고생이지 않습니까?"

"알고는 있네."

"그걸 아시는 분이 그러십니까. 이러다가 다 쓰러집니다."

"쓰러지지 않도록 하고 있지 않은가? 최고의 의료진과 무공 교두들이 있네만은? 게다가 의원들도 잘 적응하고 있네."

"그렇다 해도 본업과는 무관하지 않습니까. 또 효율도……."

"그리고 뒤늦게나마 시작했던 학사들도 그러하겠지. 다들 금방 적응할 걸세. 최상의 대우니까."

"……."

한울의 입이 쏙 닫힌다.

아이들을 가르친 경험으로 말미암아 교두로서는 더할 나위 없는 무인들, 의명총의서를 만들 만큼 의학에 있어서 끝

없는 교류로 성장해가는 의원들까지.

수련만 할 수 있다는 걸 놓고 보면 분명 최상의 환경이란 거에는 한울도 이견이 없었다.

허나 그로서도 하나 걸리는 것이 있었으니. 바로 납득이란 문제다.

"대체 이렇게까지 해야 하는 이유가 무엇입니까? 학사는 학사로서. 의원은 의원으로서 할 일을 나눈 것은 신의님이십니다."

"그랬지."

"본격적으로 의방에 접객실을 둔 것도, 진료를 보기 전 대기실을 만드신 것도 신의님이죠. 영역의 나눔이라 하는 게 있었습니다. 그런데 지금의 일은……."

"나눔이 없다 이건가. 이유를 아직도 모르겠는가?"

"솔직히 그렇습니다."

꾸짖음은 없지만 운현의 태도는 당연히 알아야 할 것을 모른다는 태도다.

질책까지는 하지 않더라도, 말을 하지 않아도 자신을 뜻을 알고 따르던 한울에 대한 약간의 실망도 내포되어 보였다.

"거기까지는 생각지 못한 듯하군. 이유는 하날세. 준비."

"……준비란 말입니까?"

"그래. 준비. 이대로 있어서는 안 될 것을 알았으니, 준비할 뿐이네."

"대체 이게 어느 정도나 효용이 있는지를 모르겠습니다."

준비라. 좋은 말이다. 하지만 준비라 함은 옳은 방향으로 되어야만 유효하다.

상대가 산을 타고 넘어오는데, 물가를 지키겠답시고 물가에 성을 쌓아봐야 한 점 소용없는 준비가 되는 것이다.

그런데 운현은 학사나 의원들을 그리 굴리는 게 준비라 하고 있었다. 그의 말에 한울의 머리에 물음표가 그려진다.

第五章
그릇의 차이

쿠웅—

한울이 문을 열고 나선다.

운현과 대화를 나눴던 집무실에서 이제 막 나서는 게다.
둘이 보낸 시간이 꽤 길었던 건지 해가 뉘엿뉘엿 저물고 있
었다.

농사를 짓는 이라면, 이미 오래전에 집에 들어가 군불에
밥이라도 하고 있을 시간이었다.

총관 한울?

평소의 그라면 집무실에서 시간을 많이 할애하였으니 남
은 일을 처리하기 위해서 급히 움직이겠지.

아무리 피곤하고, 힘들다고 하더라도 자신이 해야 할 일을 미룰 만큼 책임감이 부족하지는 않은 한울이었다.

게다가 총관일은 그가 아니고서야 다른 이는 권한도 없는지라 손도 댈 수 없다.

오늘이 힘들다 해서 일을 미루면 힘든 것은 그가 되는 것이다. 그러니 책임감이 있든 없든 간에 결국은 언젠가 그가 할 일이 된다.

그러니 좋든 싫든 바삐 움직여서 자신의 집무실로 향해야 할 텐데도, 그의 표정에 급한 기색이라곤 전혀 없었다.

의방 의원들의 보살핌과 무인들의 진기도인 덕분으로 피로와 초췌감마저도 지워진 지 오래.

그런데도 어째선지 그의 표정엔 편안함도, 바쁜 기색도 없었다. 대신 그의 표정에 어려 있는 것이라고는 하나. 놀람뿐이다.

귀신이라도 본 걸까. 운현의 집무실에 귀신? 그럴 리가.

설사 귀신을 봤다고 하더라도 학사치고는 담력이 큰 한울의 성격상 이리도 오래 놀란 표정을 지속할 리가 없었다.

잠시 놀라고는, 글귀를 읽다가 주워들은 주문이라도 외워볼 만한 담력을 가진 이가 한울이다.

그런 주제에 어울리지도 않게 놀란 표정이다. 그러곤 여전히 침묵. 그러곤 멍하니 문을 나선 채로 멀거니 서 있다.

움직이지도 않고.

고매한 학인 것처럼 마냥 서 있을 뿐이었다.

그러다가.

"휴우."

작게 한숨을 내쉰다.

짙은 한숨이라니. 그치고는 참 어울리지도 않는 일을 많이 한다. 무공의 기초를 다지다 보니 사람이 변하기라도 한 걸까.

이대로 있어서만은 안 되겠다 여긴 건지, 그가 걸음을 옮기기 시작한다.

방향은 그의 집무실. 목표를 거기로 삼아야겠다 해서 걷는 게 아니라 무의식적으로 걸음을 옮기는 듯했다.

표정이 멍했다. 가는 내내도 그의 생각은 이어졌다.

'그릇이 달라. 거기까지 보신 건가.'

운현이 말한 바가 그의 머리에서 떠날 줄을 모른다.

그의 생각은 호북 한정이었다.

의명 의방이 의방으로 있든, 무가로 있든 간에 호북에서 모든 것을 시작하고 호북에서 끝내려 했다.

그건 운현도 마찬가지였다.

중원 전역은 아니더라도 호북 내에서만큼은 최고의 의방이 되고, 명의가 되겠다 한 것은 운현이었다.

그러다가 사람이 필요해 의원을 모았다.

그 뒤는 운현의 방식을 도입키 위해 학자들을 모으다 보니 한울이 들어왔다.

사람이 많아지니 지켜야 할 일이 생기고 무인들이 모였다. 여기서 일회성으로 끝내지 않고자 아이들을 모았다.

갈 곳 없는 아이들. 고아. 그런 아이들이 언제고 미래에 의명 의방을 이끌 수 있도록 교육하고 또 교육했다.

그런 교육은 지금도 이뤄지고 있다.

그 모든 것이 운현의 뜻에 의해서 이뤄졌고, 한울 이하 학자나 의원들은 그의 뜻을 따라 움직였을 따름이다.

그러니 한울이 호북 내에만 시선을 두고 움직인 건 결코 그의 탓이 아니었다.

그로서는 운현의 뜻에 따라 움직였을 뿐이다. 운현의 꿈을 같이 좇아서 함께하는 것에 만족을 느꼈을 뿐이다.

'죄가 있느냐 하면 죄는 분명 없다.'

해야 할 일을 잘해 왔을 뿐이다. 그러니 죄라고 하는 것은 없다.

하지만 운현이 시선을 달리하기 시작했다.

얼마 전부터의 변화다.

한참을 우유부단하게 행동하고, 이리저리 이끌려 다니던 게 다 거짓이라도 되는 양, 단번에 변하기 시작했다.

상하 관계를 만들고, 사람들을 가르치게 하고, 새로운 변화를 또 주고.

지금까지의 그가 해 온 일, 그로 인한 변화도 다른 이들로서는 적응이 힘든 수준이었다. 그만큼 많은 짓을 한 주제에.

이제 와서 또 단번에 변화를 시도했다.

말투라는 작은 것에서부터 시작해서 의방을 운영하는 방식, 사람들에게 요구하는 것까지 극적으로 변했다. 몇 년치의 일을 몰아 하는 것처럼.

그래 그 모습은 흡사,

'무언가를 대비하는 것처럼 보였다.'

무언가 거대한 것에 대한 대비. 분명 지금까지와는 전혀 다른 대비였다. 방식이 달랐다.

암중 조직이 활약하는 것도 알고, 의명 의방이 호북 지방에 자리 잡는다는 거 자체가 쉬운 일이 아님을 안다.

그래서 운현은 항시 대비를 해 왔다.

주변의 상황을 살피기도 하고, 적당히 줄 것은 주고 또 그러다가도 자신의 이득을 챙겨 왔다. 그러면서 성장했다.

본래부터 호북성에 자리를 잡은 토착 세력과의 끊임없는 줄다리기를 하면서 커 왔다.

실상 그가 지금까지 이룬 것만 하더라도 한 사람이 한 세

대에 할 수 있는 일이라고 생각하기엔 너무도 거대했다.

그래서 한올이 그를 주군으로 삼았다.

이 사람이라면 자신의 주군으로 삼아도 한 점 부끄러움이 없을 자. 존경할 만한 자라고 생각했으니까.

아주 작게는 욕심도 부렸다. 그 자신의 작은 입신양명(立身揚名)이 그를 모시는 이유가 되기도 했다.

그마저도 꽤 대단한 일이라 생각했다.

큰일이라고 봤다. 한 사람이 평생을 바쳐도 이루기 힘든 큰일.

말이 쉬워 호북성이다. 저 옛 시대에는 호북성 하나가 나라 하나였다. 중원의 성 하나, 하나가 나라와도 같았다.

그러니 성 한 곳에서 제일가는 의방, 명의가 되겠다는 건 옛날이라면 한 나라의 최고가 되겠다는 말이나 다름없었다.

굳이 암중 조직이 아니더라도, 그들과의 싸움이 아니더라도 그가 해 온 일은 그 정도의 규모가 있다.

그런데 그것만으로는 안 된다 한다. 그것만으로는 그 뜻을 펼치기에 부족하다고 한다.

"내가 잘못 생각했지. 부족했네."

라고 말하며 지금까지로 만족을 해서는 안 된다 한다.

이대로 호북성에 의명 의방의 깃발을 아무리 날려봐야

소용이 없다 한다.

그러곤 지금까지 호북성에만 묶여 있던 그의 뜻을 따라서 행동했고, 잘해 왔던 한울로서도 감이 안 잡힐 만큼 큰 이야기를 했다.

"그럼 중원 전역에 가실 겁니까?"

"아니."

처음 중원 전역에 의명 의방을 뻗치도록 할 거냐 물었다.

그로서도 중원 전역으로 의명 의방의 이름이 드높게 올라가는 건 기꺼이, 또한 즐겁게 할 수 있는 그런 일이다.

그런데 그건 아니란다. 그래서 물었다.

"그럼 어찌하시려는 겁니까?"

"중원 전역이 아니더라도 상관없지. 새로운 목표라 하면 내 사람들을 지키는 것뿐일세."

"사람을 지키는 것 말입니까?"

"그래. 건드릴 수 있는 자들이 너무 많지. 호북 내에도, 호북 바깥에도."

그랬더니 답은 지키기 위해서란다. 자신이 지킬 사람을 모든 이로부터 지키겠다고 한다. 얼마나 광오한 이야긴가?

너무도 말장난 같은 이야기다. 하지만 그 말장난 같은 이야기를 실행하려 한다.

'그게 너무 커.'

차라리 의명 의방을 중원 전역으로 퍼트리겠다고 하면 그게 더 쉽다.

땅을 사고, 지금까지처럼 적당히 줄다리기를 하고, 줄 것은 주고.

그리하다 보면 호북을 넘어서 언젠가 의명 의방이 중원 전역에 퍼지는 것도 무리는 아닐 게다.

한울과 운현의 대에서 실행이 되지 못할 수도 있지만 상관없다.

미래를 보고 투자한 아이들이 잘 커갈 수 있도록 기반만 닦아주면 된다. 그리되면 그들의 정신을 계승한 아이들이 언제고 중원 전역에 퍼질 거다.

그런데 운현은 그것 이상을 말한다.

'말이 쉽지. 말이 쉬워.'

사람을 지키는 게 어디 쉬운 일인가.

당장 암중 조직이 있다. 어디서부터 그들이 근원됐고, 어디까지 퍼졌는지도 모를 그런 조직이 있다.

그런 세력들을 떠나 호북에만 하더라도 무당과 제갈세가가 있다.

그들도 기득권. 운현이 퍼져 나가면 그들의 기득권을 지키고자 운현의 일을 막을 수 있는 자들이 그런 자들이다.

그들의 정신은 정파로서 올곧을지라도, 조직이라 하는

건 어쩔 수 없이 다른 조직이 생겨나는 걸 막아야 하는 속성이 있으니까.

호북을 넘어서면?

무당을 빼고도 다른 구파 일방이 있고, 사파가 있으며, 저 멀리에 아직 살아남아 힘을 기를지 모른다는 마교가 있다. 혈교도 있다.

거기에 더해 세외세력까지 있다.

운현이 말한 호북의 안과 밖이라고 하는 건 그런 범위다.

그런 자들로부터 자신이 지키고자 하는 자들을 지키겠다고 한다.

무려 무림 전체로부터 자신의 사람을 지키겠다 말하는 거다.

얼마나 광오한가.

도를 말한다는 무당에서도 감히 그러지를 못했다.

마교 천하, 그들의 말로는 명교 천하를 이루겠다 하는 마교로서도 무림에서만 만족을 했다.

그들이 홍락제로부터 당한 배신에 몸을 떨지언정 현실적으로 가진 범위는 결국 무림이라는 곳뿐이었다.

그조차도 실패해서 겨우겨우 절차탁마하는 게 마교이지 않은가.

그 대단하다는 마교도 지키는 걸 떠나 무림을 차지하는

것조차도 제대로 수행치 못했다.

어쩌면 그런 마교보다도 더욱 큰 걸 말하는 거다. 아니 어쩌면이 아니다. 그게 맞다. 더 큰 걸 원한다.

다 지키겠다니.

그의 눈빛은 말했다. 구파일방이든 오대세가든 상관없이 혹여 사파라 하더라도, 그가 지킬 사람을 지키겠다고 말하는 눈빛이었다.

그러기 위해서는 의방의 의원도, 학사도, 무사들도 전부 변해야 한다는 게 당연한 것처럼 시키고 있을 뿐이었다.

새 술은 새 부대에 담으라는 말이 있듯, 그의 새로운 결심에 맞춰 사람들을 새로이 변화시키고 있었다.

그의 거대한 생각에 그 정도쯤은 아무것도 아니라는 듯이.

너무도 거대한 것들을 말했다.

그의 계획이라 하는 게 그랬다. 당장 호북 전역에 의명 의방을 세우는 건 당연하고, 모두를 지킬 만한 것을 갖추려는 듯 보였다.

그러다 문득 한울은 호기심이 들었었다. 과연 그 범위가 어디까지인가 하는 의문이 그의 머릿속에 가득 찼다.

그래서 마지막이라 생각해서 물었다.

"황실도 포함입니까?"

그때의 대답.

그 대답은 한울로서도 잊지 못할 그런 대답이었다.

*　　*　　*

그날 밤.

자신의 집무실에 돌아온 한울은 놀라기는 했어도 그의 뜻이 운현의 뜻에 반하지는 않은 듯했다.

평소처럼 자리를 잡았고,

'어디서부터 한다. 단순 지시를 내리기에는 다들 바쁜 상태긴 한데.'

깐깐하다고 소문난 그의 성격답게 주의 깊게 일을 살피었다.

그가 지시 내리려는 일은 전에도 충분히 하던 일거리를 다시 하는 것뿐이라서, 숙련자가 의방 내에 없는 건 아니다.

하지만 다들 쉬이 시키기만 하기도 어려운 상황이다. 이 일의 핵심인 의원들도 자신들과 같이 무공의 기초를 다져야 하는 상황이니까.

어차피 대성이 힘들다고 하더라도, 운현이 말한 대로 한 몸을 호신할 정도가 되려면 최대한 집중하는 것이 좋았다.

그러니 최대한 새로 하게 된 무공 단련에 방해가 되지 않게 새로운 일을 잘 짜줘야 했다.

의원들이 진료하는 일정을 세밀하게 짜줬듯이, 또 세밀하게 일을 다시 할 수 있도록 잘 짜줘야 하는 게다.

'이러면 되려나. 잡무를 하는 자들도 추가해야겠군.'

결국 사람을 부리는 일이다. 일정을 조종하는 일. 어렵다면 어렵고, 쉽다면 또 쉬운 일이랄까.

꼼꼼한 한울의 성격상 어렵기만 한 일은 아니겠지만 분명 손이 많이 가는 일인 건 확실했다.

"됐군."

이튿날.

자시(23—1시)가 되도록 불이 꺼지지 않던 한울의 집무실에서 학사들에게 명령이 하달됐다.

"흠. 사람들을 꽤 붙여야 하는구먼?"

"마을 사람 중에 도와주던 사람들이 있으니 그들부터 부르면 되겠지."

"은퇴한 약초꾼분들도 꽤 바빠지겠어."

학사들부터 한울이 맡긴 일을 하기 시작했다.

까다로운 한울과 꽤 오래 함께 일을 해 와서인지 그들은 말하지 않아도 척척할 일을 해냈다.

"이번엔 누구에게 주려나. 꽤 대량인데."

"우리 아닌가?"

"에잉. 그럴 리가. 이래 봬도 이걸 팔면 얼만데……."

"우리 의방이 돈이 부족했는가. 다른 건 다 안 좋아도 돈은 넘쳤지."

"흠. 것도 그러한가. 그래도 기대는 좀 되누만."

그들이 가장 처음 하달받고 움직이니 다음으로 의원들도 재빠르게 움직이기 시작했다.

혹여나 일이 잘 진행되지 않으면 깔끔한 성격을 가진 한울의 성격상, 한바탕 할지도 모른다는 걸 아는지 그 손길이 꽤 분주했다.

잡담을 하면서도 손은 빠르게 움직이니 과연 운현의 밑에서 배운 자들다웠다.

게다가 그동안 열심히 한 기초 단련에 적응을 끝내기라도 한 듯했다. 그들은 겉으로 보이는 피로감도 아주 많아 보이지 않았다.

학사들보다도 의원들의 평균 나이가 더욱 높은 터.

그걸 감안하고 보면 의원들이 학사들보다 기초를 닦는 게 더 어려울 텐데도 불구하고 잘도 적응해 주고 있다.

차차 밝혀지겠지만 무슨 비법이라도 있는 게 분명했다.

어쨌거나 학사와 의원들이 잘도 움직여 둔 덕분에.

"완성이로군."

"오늘 치는 완성인 게지. 매일 만들어야 하지 않나."

"그건 그거고. 허참. 다시 또 움직여 봄세. 수련 시간 아 닌가."

"에잉. 의방 일이 끝이 없구먼."

한울이 지시를 내린 바는 잘도 실행이 됐다.

추가로 주어진 일에도 그들이 그리 잘해 낼 수 있었던 건 그동안 쌓은 숙련도도 있는 데다 서로 손발이 잘 맞은 덕분 일 게다.

며칠을 그의 지시대로 움직이고, 다시 또 남는 시간에는 업무와 치열하게 진행되는 단련에 몰두한 지 칠 주야가 흘 렀다.

"잘했군. 바로 지급하게."

"예."

운현이나 한울이나 만족스러울 정도.

그들의 손으로 만들어진 결과물이 다시금 그들에게로 돌 아갔다. 의원이나 학사에게로 돌아갔다는 소리다.

그 정체는 갈기환을 만든 탓에 당분간은 생산량이 줄어 들었던 오행환이다.

"오행의 기본은 다들 알겠지?"

"모를 리가 있겠습니까. 설사 모르던 자도 익혔을 겁니다."

"좋군."

화(火)는 타오르면서 퍼지는 것이며 위로 올라가는 것을 뜻하고, 열심히 자기 몸을 부풀려 태우고 나니 쓴맛을 만들어 낸다.

목(木)은 굽고 곧은 것이 특징이요, 자라남을 뜻한다. 같은 상식들.

목생화(木生火), 화생토(火生土)…… 금생수(金生水).

그런 상식들을 한울 같은 자가 모를 리가 없다.

한울이나 학사들도 이미 알던 것이 무공의 기초를 닦으면서 더 강화되고 있을 정도다.

운현이 그들에게 익히도록 한 원회공심법에 오행의 기초가 들어간 덕분이다.

'의도한 거지.'

오행환부터 먼저 주려고 마음먹었던 운현.

자신이 십수 년에 걸쳐서 만들고 강화한 오행환을 버리기야 하겠는가. 그 효용 때문에라도 그럴 수가 없다.

갈기환보다 당장 채워주는 내공의 양은 적을지라도, 오행환은 오행환 나름의 효용이 있다.

'기초에 좋지. 증명된 바다.'

목, 화, 토, 금, 수.

서로가 서로를 상승하게 하는 오행을 담은 오행환을 순서대로 복용하면 몸이 강건해진다.

그럼으로써 무공의 기초가 탄탄해진다. 느지막한 나이에 익히게 된다고 하더라도 분명 도움이 된다.

그럼으로써 비록 기초라 해도 단단한 몸을 가지게 하여 전보다는 무공을 익히기 더욱 적합하게 해 준다.

그 효용은 실제 운현이 여태 느껴 왔지 않은가.

어리면 어릴수록 그 효용은 더 크지만, 분명 의원 학사들에게도 효과는 있다.

게다가 원회공심법에도 그런 오행의 원리가 녹아 있어 더욱 큰 상승 작용을 가져다주니 금상첨화다.

처음부터 운현이 의도한 바라 둘이 만남으로써 상승 작용이 생기게 될 거다.

"이거, 보약은 지어먹고 침은 맞아봤어도 영약은 또 처음이로구만."

"결국 우리가 먹는군."

"거 보게. 내가 그럴 거라 했잖은가."

의도는 잘 먹혔다.

당장 오행환이 지급됐다.

그 효용을 모르는 자가 있을까. 운현이 숨긴 효용까지는 몰라도 오행환 자체가 좋은 영약인 건 의방 사람은 다 안다.

게다가 일정이 고된 그들로서는 마른 땅에 단비 같은 오행환이기도 했다.

원회공심법의 효용이 높아지게 되고, 몸이 강건해지게 되니.

"살 만하군. 살 만해."

전에 비해서 일정 소화가 수월해졌다.

운현을 시작으로 표사나 의방 무사들이 도움을 받았던 그때처럼 효과를 드러낸 거다.

모두 이 정도는 예상할 만한 일인지라 놀랄 것도 없었다.

다만 한 가지 놀란 것이라고는 저 오행환을 의방 식구들 모두에게 지급하고도 의방 재정이 남아돈다는 정도?

그동안 벌인 바가 많은지라, 수백 명 더 영약을 먹인다고 해서 티도 안 났다.

한울이 호북성 지역 여러 곳에 다녀오면서 여러 약방을 만들고 있다는 걸 감안하면 꽤 대단한 일이었다.

적어도 돈으로는 당장은 문제가 없다는 뜻이니까.

자연스레 속도가 더해졌다. 적응을 떠나서 내공이 붙기 시작하니 적어도 전의 몸에 비해서는 나아진다.

군살이 빠진다. 몸이 약하던 자가 강건해진다. 수련 중에 비명을 지르는 일도 줄어든다.

효과가 나기 시작하니 재미를 붙이는 자들도 생긴다.

"자네들은 먼저 들어가게나."

"더 하나?"

"그래. 새로운 재미로구만."

"잘하라고."

남는 시간에 의서에 매달리는 자도 있지만, 수련에 더 시간을 할애하는 자도 생길 정도였다.

극적인 변화다.

운현이 지시를 내리고, 한울은 약을 만들 수 있도록 일정을 조종했던 거 하나. 당장 매일같이 약 하나를 먹을 뿐인데도 이런 변화가 생긴다.

그동안은 운현이나 무사들만이 겨우 느끼던 그런 변화가 의방 전체에게로 확대된 거다. 단순한 일인데도 큰 변화였다.

그런 의원들의 모습을 운현이 가만 바라본다.

전이라면 같이 나서 기뻐할 그이건만, 멀거니 서서 그들이 해내고 있는 바를 바라보기만 할 뿐이다.

홀로 있다 해서 외로워 보이거나 하진 않았다. 가야 할 길을 알고 걷는 자가 외로움이라는 초라한 감정이 깃들 리가 없다.

'이로써 일 보.'

자신의 앞길을 생각하며 눈을 빛내고 있을 뿐이다.

홀로 일을 진행한다 해서 외로워하기에는 그에게 던져진 짐이라는 게 무거웠다. 그가 새로이 세운 뜻을 위해서라도 그래서는 안 됐다.

앞으로 나아가야 할 때다. 바쁘기만 하다.

한참을 의방의 성과를 보고 만족스러워 하던 그가 몸을 돌린다.

'다음으로 가려면 시간이 있으니. 더 준비를 해 둬야겠어. 삼권호도 슬슬 왔겠군.'

모두가 현재에 만족스러워 할 때, 다음을 생각해야 하는 그이니 다음을 묵묵히 준비할 뿐이었다.

그가 다시 그만의 공간으로 돌아간다.

그런 그를 아주 멀리서 보는 자,

"……항상 바빠."

그, 아니 그녀는 잠시 가까워졌다가 멀어져 가는 그를 가만히 바라보고만 있을 뿐이었고.

그를 위해서 움직이는 자,

"또 무슨 일이신가. 흐음……."

잘 단련된 몸을 가진 것만큼이나 당당한 몸짓으로 운현

을 향해 움직여 가고 있었다.

자신이 다시 시달릴 수도 있다는 것에 대해서는 가늠을 하고 있지 못하는 듯 보이는 자신감 넘치는 몸짓.

또 앓는 소리를 하게 될 수도 있지만 당장 움직이는 그로서는 꽤 신이 나 보였다.

'또 한 걸음 나아갈 수 있다 생각하면 욕심이려나.'

그? 운현이 미리 부른 삼권호다.

운현의 말이라면 곧잘 따르는 그는 또 무엇을 얻어 나아갈 수 있을지 기대를 잔뜩 하고 있었다.

아쉽게도 운현이 그와 함께 새로이 진행할 일은 그만을 위한 일은 아니긴 하지만, 그것을 그가 벌써부터 어찌 알랴.

그나마 일의 특성상 진행을 하다 보면 도움이 될 수도 있다는 것에 위안을 삼아야 할게다.

그리고, 그를 돕고 바라보는 자와는 또 다른 사람도 있었으니.

운현만큼이나 무거운 어깨를 지닌 자들이다.

자신이 아닌, 자신과 함께하는 다른 이들을 책임지는 자들을 말함이다.

그들 여럿은,

"이것으로 되겠는가. 흐음……."

"좀 더 진행이 빨라져야겠는데."

불어오는 변화, 그들에게 주어진 일, 새로운 의무들에 한참 머리를 싸매고 있었다.

第六章
한 보 더

적응이 끝나면 사람은 발전을 한다.

계속해서 새로운 걸 운현이 주입하고, 최상의 환경을 주니 그들은 변했다.

당장만 하더라도 의원이든 학사든 전에 없던 체력을 갖게 되니 활력이 넘친달까.

운현이 있을 때, 환자들이 문전성시를 이룰 때는 활기차기는 하지만. 그건 외부에서 오는 활력이다.

하지만 지금은 다르다.

내부에 있는 자들부터가 활력이 넘쳤다. 가벼운 운동 정도가 아니라 운기까지 하니 그 활력이 더욱 커 보였다.

게다가 학자들은 몰라도 의원들은 그 변화가 두드러졌다.

"이건 이리 해석하는 게 어떠한가?"

"흠…… 그거보다는 자고로 침은 이런 방식이 낫겠지."

기를 익히니, 기에 관한 이해도가 높아지는 건 당연.

몸을 하나의 순환 계통으로 보고, 장기 하나하나를 오행으로 나누는 게 한의학이 아니던가.

그 한의학을 익힌 게 의원. 그런 의원들에게 무공이란 게 도움이 됐다.

아직 미천한 경지이나 직접 기를 다룸으로써 전보다 깊게 느끼게 되니, 도움이 안 될 수가 없었다.

좀 더 이해도가 올라가며, 응용을 할 줄 알게 됐다.

아주 자연스럽게 늘었달까.

운현이 처음 의술과 무공을 함께 익혀가며 빠르게 성장을 해 나갔던 효용을 그들도 겪고 있는 과정인 것이다.

'의선문이 그래서 강한 건가.'

이건 운현이 의도한 바가 아니었다.

앞으로 들이닥칠 환난. 난세와도 같은 세상 속에서 그들이 자신을 호신할 능력을 갖추게 하려던 게 운현의 목적.

모두를 지키기 위해서는 동시에 모두가 강해져야 하므로 그들을 잔뜩 채찍질을 한 거다.

그런데 생각지도 못한 곳에서도 발전을 이뤄버렸다.

무공과 의술이 쌍두마차가 된 것처럼, 서로가 서로를 끌어주는 게 눈에 보이고 있었다. 생각지도 못한 효용이랄까.

하기는 무공을 익힌 자들 중에 혈도를 익히는 자는 많아도, 의원들보다는 그 혈도의 이해도가 떨어지는 경우가 많다.

사혈, 마혈, 수혈. 무인의 경우 그런 실용적인 혈만 가져다 쓰는 경우가 대다수이지 않은가.

의원은 전체를 이해해서 침을 놓으니 이해도가 더 높다.

거기에 운공을 더하니 더욱 빠르게 이해를 하게 되는 거겠지. 의술이 무공을 이끌어 주는 셈이다.

반대로 빠른 이해를 하니, 무공이 빠르게 깊어지게 된다.

깊어진 무공이 또 기에 대한 이해도를 높이니, 의술에 대한 이해도도 올라갈 터!

의술에 의해서 빠르게 익히는 무공이란 게, 다시 의술을 강화시켜 준다.

돌고 도는 원처럼 서로가 서로를 계속해서 보완할 게다.

언젠가는 그 효용이 다하는 날이 오기야 하겠지만, 당장을 놓고 보자면 참으로 좋은 현상이다.

'내가 특이한 게 아니었군.'

내심 자신이 의술과 무공을 빠르게 익힐 수 있었던 것은 자신의 특출함 덕분이라 생각했던 운현이다.

어느 정도는 그의 특출함 덕분도 맞지만, 알고 보니 의술과 무술이 궁합이 아주 잘 맞아 떨어진다.

자기 홀로 익힐 때야 그런 효용을 눈으로 보기 힘들었지만, 의원 여럿이 그러는 걸 보아하니 아주 확실하다.

좋은 현상에 지금의 상황을 의도했다 싶은 운현의 기분이 아주 좋아진다.

'그러니 더더욱 끌어 올려야겠지.'

의욕을 더욱더 곤추세운다.

"들어가겠습니다."

"어서 오게."

때마침 자신이 불러들인 삼권호도 도착해서 들어왔다.

잔뜩 흥분한 기색이 보였다.

운현이 자신을 부른 이유가 근래 그가 한 일에 대한 보상을 해 주기 위함이 아닐까 싶어서겠지. 김칫국 먹는 게 아니다.

'운을 띄워 놓긴 했으니까.'

낭인들의 나쁜 습관을 바로잡는 데 삼권호의 역할은 절대적이다.

대련을 벌이고, 운현이 그걸 보고 바로잡고.

운현이나 다른 무인들이 대련을 지켜보며 얻는 것도 있었다. 전에 없던 여러 가지 시선에서 상대의 무공을 파악할 수 있었던 것이다.

상을 줘도 몇 번은 줄 만큼 많은 성과를 낸 셈이다.

그러니 그에 대한 상을 미리 이야기했고, 준비도 나름 하고 있었다. 하지만 아직은 아니다. 준비 중이니까.

어중간한 상은 안 주느니만 못하다. 상은 확실하게 줘야 하니 큰 상을 준비하고 있다.

그래서 당장은 상이 아니고,

"받게나."

"이게 무엇입니까."

그가 받아 든 건 서책이었다.

쓴 지 얼마 되지 않았는지, 먹 냄새가 아직도 확하고 풍겨져 나오는 그런 책이다.

"뭡니까?"

"금갑괴공을 달리 해석한 무공서지. 금갑오행공으로 바꿨네."

"아니…… 글귀는 저도 읽을 줄 압니다만은."

학사 수준은 못 되더라도 기본은 돼 있다. 낭인으로 굴러먹었어도 필요한 서책은 꽤나 읽었다 싶은 삼권호다.

금갑오행공(金甲五行功)이라는 말 정도는 읽을 수 있다는 뜻이다.

"이걸 어인 일로 주신 겁니까?"

"슬슬 의원들도 운기만 할 게 아니라, 무공 하나 익힐 때가 되지 않았나."

"······이거 외공 아닙니까?"

"그게 효율은 가장 좋지 않나."

"그거야 압니다만······."

아쉬운 기색을 내비치는 삼권호다.

전이라면 자기 감정을 곧잘 숨기곤 했지만, 운현과 여러 일이 있고나서부터는 굳이 숨기려 하지 않았다.

적어도 운현만큼은 자신이 믿는 주군이라 생각해서일 게다.

'달래야 하나.'

그래도 중년이 다 돼서 아쉬워하는 기색이라니. 조금만 더 가면 삐칠 기세다.

"그걸 의원들에게 가르쳐 주게나. 그리고 상은 내 준비가 되면 바로 줄 걸세."

"크흠. 뭐 제가 달리 무슨 말이라도 했습니까."

민망한지 괜히 헛기침이다.

"아무렴. 아무 말도 안 했지. 걱정 말고, 진행부터 하게나. 내 크게 준비하고 있으니."

"기대하겠습니다."

"얼마든지. 그러니 제대로 가르쳐 줄 수 있겠지?"

"그건 봐야 하지 않겠습니까."

하기는 삼권호의 말도 맞다.

무공이란 게 어디 가르치는 게 쉬운가. 쉬웠더라면 누구나 무림인이 되었을 것이다.

절정에 이른 삼권호라지만 무공을 하나 가르치려면, 나름 연구를 해야 할 게다. 누군가를 가르치는 것. 쉬운 일이 아니니까.

'그래서야 시간이 걸리겠지?'

그건 운현의 입장에서 막아야 했다.

"일단 펴보기나 하게나."

"지금요?"

"그래. 내 시간을 절약해 주지. 이 금갑오행공의 핵심이라는 건……."

금갑오행공.

이통표국에서 표사, 표두들이 익히고 있는 외공을 운현이 개조한 무공이다. 그만큼이나 이해도가 높은 자는 또 없을 거다.

실제 소싯적에 금갑괴공을 익히기도 했던 운현 아닌가.

'고생 좀 했지.'

그때의 일을 회상해 보노라면 보통일은 아니었다 싶은 운현이다.

그때의 고통을 반추삼아서 괴공이라 불릴 만큼 고통스러운 과정을 오행환의 약효로 좀 줄였을 뿐이다.

고통을 감쇄시키는 대신에 오행환을 통해 얻을 수 있는 약효가 좀 줄어든다.

그렇다 해도 외공 자체가 당장 효용성이 높으니 손해는 아니다.

그야말로 운현이나 되니까 하는 짓이지, 다른 이라면 쉬이 못할 해석이기는 했다.

"놀라운 것이로군요? 흐음……."

"그렇지도 않지. 대다수의 외공이란 게 약효를 많이 빌리기는 하니까."

"것도 그렇습니다만은. 발상 자체가 특이하십니다."

"그런가? 어쨌든 뒤이어서 계속해 주겠네."

그의 설명을 한참 듣던 삼권호가 고개를 끄덕이기도 하면서 금갑오행공에 대한 이해를 키워 간다.

당장은 아니더라도, 시간은 줄여 이해도를 높일 수 있을 거다.

얼마 뒤.

"자, 모두 약부터 바릅시다. 어서 벗으시오!"

일부를 이해하고 기초 정도는 가르칠 수 있게 된 삼권호.

그가 금갑오행공을 의원들에게 익히게 하기 시작했다. 이해도가 아주 낮지는 않은지 가르치는 데 자신감이 넘쳤다.

"이제는 벗는 건가. 다 늙어서 고생이누만."

"그래도 어쩌나. 해야지."

"알지. 어서 움직이세."

그 과정이 전만큼 고통스럽지 않기는 했다. 괴공을 강화하기 위해서 맞는 과정은 최대한 줄였으니까!

운현이 직접 그 고통을 겪었었던 만큼, 고통스러운 과정을 최대한 줄였다.

그래도 새로이 만든 약효를 받기 위해서 온몸에 약을 치덕치덕 발라야 하는 과정은 여전히 유효했다.

"으휴. 서늘하구만."

옷을 벗으니 사늘한 바람이 그들에게 훅하고 들어온다.

사방이 가로막힌 수련장이라지만, 옷을 벗으면서 느껴지는 서늘함은 그들도 어쩔 수 없는 듯했다.

다행이라면 의원이나 학사들 몸이 보기 안 좋은 편은 아니라는 것 정도?

무공 기초를 닦기 시작하고 육체적으로 가다듬어져 가니, 안구를 공격하는 일까지는 벌어지지 않았다.

그나마 다행이다.

그들이 주섬주섬 움직이는 꼴은 못 보는 삼권호나 다른

무공 교두들이 외친다.

"어서요! 빠르게 움직입시다."

"자자, 어서 진행하시오! 약효 떨어집니다!"

바삐 움직이라는 채근에,

"알겠습니다!"

"합니다. 해."

의원들도 바삐 움직인다.

말투가 제법 사나웠다. 서늘함 때문에 더 사나워 보일지
도.

그래도 무공을 가르치고 익히면서 서로 정이라도 붙은 건
지, 전에 비해서 무인이나 의원들 사이에 왠지 모를 정감이
느껴졌다.

가까워진 덕분이겠지.

"으으…… 차군."

약을 바르고 또 바른다. 온몸에 되도록 빈틈이 없을 정도
로.

등? 거기까지는 그들도 어쩔 수 없이.

"어서 등짝이나 봅시다."

"크…… 사내한테 이리 등을 맡길 줄이야."

서로 발라줄 수밖에 없었다. 아무래도 홀로 등을 바르기
에는 무공을 익히기 시작했어도 무리니까!

서로에게 등짝을 맡기며, 약을 바르자마자.

"바로 다음으로 갑시다. 약효를 최대한 흡수하도록 합니다!"

무공 교두들이 바로 다음을 명령 내린다.

하나라도 날아가면 아까운 게 약효다. 그러니 빠르게 흡수하도록 하는 게다.

금갑괴공 자체가 약효를 흡수하는 데는 탁월한 효용이 있어 의원들 모두 순식간에 약효를 흡수해 가기 시작한다.

약빨.

그야말로 오로지 약.

다른 무엇도 아닌 약빨을 통해서 무지막지하게 발전을 해 나가는 의원들이었다. 그야말로 속성의 과정이었다!

* * *

유수같이 시간이 흘러간다.

지금까지의 시간은 느리게 흘러갔던 것처럼, 빨랐다.

"하앗!"

"다시! 자세를 다시 합니다!"

"옙! 하앗!"

자세를 바로잡는다. 그들에게 처음 같은 어색함은 없었

다. 오로지 익숙함이 있을 뿐.

"좋습니다. 그대로! 기본 중 기본이니 여기서 잘못되면 안 되는 겁니다."

"옙! 알고 있습니다."

시키는 것이 바보 같다고, 자신들이 왜 이런 일을 해야 하냐고 불평하는 자는 더 없었다. 그런 자들조차도 지금은 모두 함께였다.

적응의 시기는 지난 지 오래다.

그 뒤로 오는 시간은 자연스럽게 발전의 시간이다.

기초라는 것을 쌓아 몸을 만들었던 이들. 의원과 학사. 시간은 그들에게도 공평하게 흘러갔고 그 성과가 분명 나오고 있었다.

오행환, 원회공심법, 금갑오행공.

이 세 가지가 만들어진 것 자체가 운현의 치밀한 설계였다.

오행환을 제물 삼아서, 원회공심법과 금갑오행공에 돌리는 것.

간단해 보이지만 이는 명가에서나 하는 일이다.

무공을 시작부터 치밀하니 설계해서 단계별로 성장케 하는 것 자체가 탄탄한 기반이 없고서는 불가능한 일.

괜히 구파일방이나, 오대세가 같은 곳이 다른 중소문파에 비해서 강한 게 아닌 것이다.

이런 것에서부터 차이가 벌어지게 돼서다.

여기에 더불어서 기초를 쌓을 때에 운현이 했던 것처럼 면장공에서부터 여러 단련법을 섞고.

'영약빨에, 진기도인, 벌목세수 같은 사기 기술을 쓰면.'

그때부터 명가의 자제 혹은 후기지수라 하는 것들이 만들어지는 거다.

그게 핵심이다.

무가의 집안에서 날 때부터 타고난 뼈대, 즉 근골이라고 하는 것.

그게 튼튼해서 명가의 집안 자식들이 무공을 더 잘 익히는 것도 있겠지만 결국 중소문파랑 차이가 나는 건 거기서부터인 거다.

아주 오래전부터 생각해 온 거다.

그 어릴 적 운현이 무공을 익히면서 거대 문파를 내공빨, 사부빨이라고 했던 그 이론에서부터 더 나아갔을 뿐이다.

따로 특별한 이야기는 없다.

그리고 그 특별함 없는 진부한 이야기를 운현이 치밀한 설계와 의방의 자금빨로 실행하고 있을 뿐이랄까.

운현이 조금만 더 현실적이라면 이런 일은 안 했을 거다.

'이왕이면 아이들한테 투자하면 투자 대비 가성비가 더 좋기는 하겠지.'

의원, 학사들에게 갈 지원을 아이들에게 하는 지원으로 바꾸면 더 가성비는 높을 게다.

그게 현실적인 거다.

하지만 의원, 학사도 우리 사람이니까.

모두를 지키겠다는 그 결심을 실행하고 있을 뿐이었다.

모든 거대문파는 영약빨, 사부빨, 무공빨이라는 그의 말을 직접적으로 실험해서 증명하는 것은 덤이고!

"일류가 이류를 키우는 것보다, 절정이 이류를 키우는 것이 더 쉽다는 말을 증명하는 것뿐이네."

"그거야 그렇습니다만은. 휴우. 하루하루, 빠져나가는 자금이 어마어마합니다."

"그래도 버틸 수 있는 거 알고 있네."

"……그렇긴 합니다."

근래 들어서 돈 들어갈 일이 많은 한울의 앓는 소리가 좀 있긴 하지만 어쩌랴. 그건 살포시 넘어가고.

"이대로만 쭉쭉 가면 되네. 그거면 될 뿐."

"처리는 하고 있습니다."

"좋네. 그나저나 하연화 소저로부터는 연락이 따로 없나?"

앞으로 나가는 것도 좋다.

하지만 탄탄해야 한다. 그러니 환화세공. 암중 조직이 익히고 있던 무공에 대해서 조사를 하는 것도 멈추지 않는다.

의술이나, 무공으로서의 해석은 이미 오래전부터 계속해서 하고 있기는 하다.

하지만 하연화가 조사하는 건 운현이 하는 것과 또 별개다.

'꽤 오래된 거 같은데.'

무공 교두를 하고 있는 낭인 출신 무인들의 나쁜 무공 습관을 잡아냈다.

의원들이 적응을 하다못해 발전한다. 의술로도, 무공으로도.

운현의 치밀한 설계 덕분이라지만 그들도 노력하는 시간이란 것을 필요로 했다. 그러니 시간은 꽤나 흘렀다.

몇 달도 더 넘게.

'그런데도 소식이 없단 말이지.'

아주 작은 얄팍한 소식이라도 들어왔어야 할 텐데도 없다. 그녀라면 실마리 정도는 잡을 게 분명한데도 그렇다.

해서 느긋하니 일을 맡기는 편인 운현이 물은 거다.

아쉽게도 그 답은.

第七章
무슨 일인가? 설마

"저도 얼마 전 문의를 드려봤지만, 아직 실마리도 없으시답니다."

"그래? 그건 좀 의외로군."

"조용히 처리를 하셔야 한다고 말씀을 드리긴 했습니다만, 그렇다고 해도 느리긴 하지요."

하연화의 능력은 뛰어나다. 그러니 맡겼다. 개방도 몰래.

어려운 일이랄 건 예상을 하고 있었지만, 하연화의 능력을 믿었다.

아직 어린 나이임에도 호북성에서 떠오르고 있는 등산현의 하오문 지부를 맡을 정도의 능력자이지 않은가.

보통 지부장 정도 되면 나이가 꽤 돼야 했다. 다른 지부 지부장들만 해도 중년씩은 되지 않았는가.

그런데도 하연화는 쌓여야 될 연륜이나 다른 그 무엇보다도, 그녀의 능력이 뛰어나다는 방증으로 지부장을 꿰찼을 거다.

해서 맡긴 건데도 아직 연락조차 오지 않다니.

'무슨 일이라도 생긴 건가.'

걱정이 들 정도다. 근래에는 의방의 일로 찾는 것조차 어려웠으니 더욱 신경이 쓰인다.

운현의 심정이야 어찌 되었든 한울의 이야기는 거기서 끝이 아니었다.

"듣기로, 근래 하오문이 바쁘다 합니다. 특히 이곳 호북 남쪽도요."

"그래? 무슨 일이라도 있다고 하나?"

"그건 아닌 거 같습니다. 여기 호북에서 일이 벌어질 게 뭐 있습니까."

"흠. 우리 의방이 있지 않나?"

"그렇다면 말씀하셨겠죠."

"하기는…… 그랬겠군."

자신의 의명 의방이 일을 벌여서 그런가. 하오문은 정보 조직이니 그에 대한 정보를 얻어야 하니까.

'아니다. 차라리 그렇다면 물어왔을 사람이지.'

하연화는 하오문에 속한 여인.

하지만 동시에 운현에게도 반쯤은 속한 것이나 다름없는 여인이다. 그녀와 함께 밤을 보낸 적도, 무언가 어떤 있었던 것도 아니지만 어떤 확신이 있었다.

그런 그녀가 하오문의 지부장으로서 의방을 조사해야 했다면 먼저 말을 해 줬을 거다. 아니면 직접적으로 물었겠지.

"호북에 일도 없는데 호북에서부터 바삐 움직일 일이 또 뭐 있습니까."

자신도 모르게 암중 조직이라도 날뛰기 시작한 건가.

그런 일에 자신을 뺄 리가 없는데. 말도 안 된다.

그나마 가능성이 있다면,

"혹시 갈기환과 더불어서 환약에 대해선가?"

"그럴 리가요. 그것도 이미 다 밝힌 거나 다름없는데요. 알 만한 사람은 다 알잖습니까."

"흐음…… 그것도 아니라니."

새로운 영약이나, 암중 조직의 정체를 밝혀낼 수 있는 환약에 대한 조사도 아니란 말인가.

'또 뭔가.'

여기서 알아내야 할 일이란 게 대체 뭔가.

운현이 괜히 더 진지해지려고 하는데 한울은 그다지 진지

하지 못했다.

운현만큼이나 이번 일 자체를 무겁게 생각하거나 하지는 않는 거 같았다. 되레 자랑스러움이 묻어 나오는 채로 말을 이어갈 뿐이다.

"그게, 듣기로 여기서 써먹었던 걸 써야 한답니다."

"여기서 써먹었던 거를?"

"네. 십수년 전에 신의님이 신의님이시게 된 일이 있잖습니까."

"토사곽란."

"네, 그겁니다."

그걸 기억 못 할 리가 없다.

그때의 그 일로, 운현이 전면에 나섰었다.

그리고 덕분에 호기신의라는 별호를 얻게 되고 사람들 사이에서 신의라 불리게 된 일은 호북에서 유명한 일이다.

과장해서 말하자면 등산현에서는 살아 있는 반선 정도로 취급하는 자도 있을 정도다. 일종의 민간 신앙이랄까.

운현이 태어나고, 전면에 나서 신의가 되고부터는 호북 남쪽의 변두리나 마찬가지였던 등산현이 호북의 중심 아닌 중심이 되었지 않나.

이 지역에 애향심이라도 있는 자는 그리 생각하는 것도 무리도 아니었다.

'민망한 일이지…….'

운현의 민망함과 상관없이, 이제는 적응을 했기는 하다.

그런데 난데없이 그 이야기가 왜 나온단 말인가.

"그때의 그 일이 왜 필요하단 말인가? 몇 년이나 지난 일인데."

"그렇지요. 잊혀지지는 않아도 잠잠해질 만한 일이긴 합니다. 그런데 그 비슷하게 북쪽이 난리가 났답니다."

"북쪽이?"

북쪽이라니.

설마 그곳에서부터 토사곽란이 일어났나. 그래서 전에 운현이 토사곽란을 치료하기 위해 행했던 일을 조사해 보는 거고?

'그렇다면야 이해는 가는데. 왜 직접 찾아오지 않나.'

직접 찾아오면 될 일인데, 이것도 역시 걸리는 바가 많다.

"네. 거기서 역병이 돈답니다. 해서, 토사곽란 때처럼 신의님이 쓴 방법을 쓰면 좀 낫지 않을까 싶어서 조사를 하는 거 같더군요."

"직접 찾아오지 않는다고?"

"신의님이 근래에 바쁘시지 않았습니까. 그 정도의 정리는 혼자서도 충분히 할 수 있는 소저기도 하고요."

그녀의 능력으로 홀로 해낼 수 있는 일이니 안 찾아온 건

가. 그거야 좋다. 그런데 다른 의문이 생긴다.

"다른 성에서도 나름의 처방법이 있을 텐데? 역병이라고 해도 그곳에 의원이 없는 것은 아니니까. 북쪽엔 의선문도 있지 않나."

"그게……."

이게 의문이다. 다른 곳은 몰라도 의선문은 그도 인정을 할 수밖에 없는 곳이다.

그야 외과지식을 가지고 있어, 신의라는 이름을 얻게 되었다.

하지만 의선문은 그와는 또 다른 의미로 격이 높았다. 몇 대째 뿌리를 박아 최고의 의가이자, 알아주는 무가가 된 곳이지 않은가.

그런 곳이 있는 북쪽에서 토사곽란 같은 걸로 문제가 될 이유가 있나?

"효과가 없답니다."

"효과가 없어?"

"처음 시작은 토사곽란과 비슷하지만, 사망률은 훨씬 높답니다."

"큰일이군."

생각지도 못한 병마가 불어닥치고 있기라도 한 건가. 근래에 조금 조용하나 싶었더니, 조용한 게 아니라 저 멀리서 일이 벌어졌을 뿐이었다.

이래서야 잘못하면 호북에까지 난리가 벌어질 수 있다.

'어쩌면 그 이상.'

그런 일이 벌어져서는 안 됐다.

조금 여유 좀 가져볼까 했더니, 역시. 시간이 흘러가는 만큼 그 시간 속에 사건이라는 건 계속해서 생기는 법인가 보다.

"흠…… 계획을 좀 더 앞당겨야겠네."

"계획이라 하심은?"

"다음 단계로 가지."

*　　*　　*

오행환, 원회공심법, 금갑오행공의 삼박자로 기초를 세우고, 외공을 가진다 해도 거기까지.

이들이 정말 무인처럼 돼서 무인 행세를 하고 다니는 건 운현도 바라는 일이 아니었다.

의원이 의술을 펼치는 게 주력이 돼야지, 대결이나 벌이고 다니고, 무공을 닦겠답시고 의술을 등한시해서야 어디 쓰겠는가.

학사도 마찬가지다. 그들로서는 해야 할 일이 따로 있다.

그런 인물이야 운현 하나로 족하다.

그나마도 운현은 전생에서 쌓은 경험이라도 있으니까 이 짓을 하는 거지, 다른 이였더라면 무의양비라는 건 절대 추천 못 할 일이었다.

그렇다 해도 적당히는 해 줄 필요가 있다.

외공으로 방어를 가다듬는다고 해도, 이왕이면 공격도 하면 더 좋다. 상대를 완전히 제압하지 못해도 한 방이라도 먹이면 그건 그거대로 옳다.

물론 가장 좋은 수는 이기는 것이지만, 거기까진 무리.

어중간한 수를 쓰지 않고, 단 한 수라도 제대로 된 수를 날릴 수 있게 하는 것 자체가 쉬운 일이 아니다.

시간이 있다면야 또 모르겠지만, 일이 벌어지는 것들을 보아하니 그것도 무리.

여러 가지를 감안해서 생각해 보자면 역시.

'그러니 다음 단계가 옳다.'

운현의 생각대로 바로 다음으로 가야 했다.

물론 그걸 시행해야 하는 한울로서는, 총관으로서의 부담감이 상당했나 보다.

"아이들로도 이미 충분합니다. 그 이상은 예산이 부족할 수도 있습니다. 약재를 더 구해야 할 테니까요."

예산이 문제랄까.

그로서는 새로 만드는 의방을 더욱 화려하고 웅대하게 세우기 위해서 백방으로 노력 중이었다. 그 나름대로 의명 의방의 위세를 끌어 올리고 싶겠지.

하지만 무리한 토목 공사를 해서야.

'망하지.'

이미 대한민국에서부터 무리한 토목 공사가 어떤 결과를 불러오는지 여러 번 봤던 터다. 그딴 짓을 또 할라고.

한울이 하는 방식이 지금 시대에는 맞는 방식일지도 모른다. 전생처럼 여러 매체가 있지 않으니 거대한 위세를 가진 건물이 최고처럼 여겨질지도.

당장 보이는 것이 크면 그 위세에 밀려나는 게 사람의 본능이니까.

'그따위 거.'

하지만 지금은 그딴 게 중요한 게 아니다. 그런 무리한 공사 따위 때려치워 버리라지. 전생에서 본 걸로 충분하다고?

"새로 만들어질 약방 크기를 줄이게. 그러면 되지 않나? 예산이 나오겠지."

"웃. 가능은 합니다만…… 괜찮으시겠습니까?"

"안 괜찮을 게 뭐 있나?"

"휴우. 다른 사람이라면 어떻게든 늘리려고 할 텐데 말이죠."

"뭐 그거야 그들 생각이겠지."

생각해 보니 중국에서는 거대한 건물을 좋아하기는 했던가.

그래 봐야 하늘 높이 치솟아 오르던 빌딩 같은 건물도 봤던 운현에게는 거기서 거기다.

옆으로 늘려서 크게 지으면 경치가 꽤 볼 만하기는 하겠지. 하지만 거기까지다.

그 이상은 없다.

처음 호북성에 약방을 퍼트리고 그다음에는 의가로 변할 계획이라고 하더라도 달라질 건 없다.

'필요한 만큼만 늘리면 될 뿐이지. 그래도 예산이 부족하면 내가 열심히 내공을 부여하면 될 일이고.'

오행환을 다시 만들기 시작하고, 여기에 갈기환을 넣고 하면 그때는 원가가 아무리 싸도 무리일 수도 있긴 하다.

앞으로 들어갈 양이 많아질 걸 생각하면 그 확률은 더욱 올라가겠지.

그래도 해야 했다.

더는 타협점이 없다는 운현의 표정을 읽은 걸까. 한울이 가만 운현을 바라보다가.

"알겠습니다. 바로 시행하지요."

"후후, 그러게."

"그럼 바로 움직이겠습니다."

그의 명을 따르기 위해 움직이기 시작했다.

"이제 육 일에 한 번은 오행환을 대신해서 갈기환을 먹도록 합니다."

"이 귀한 걸?"

"신의님의 뜻입니다."

그렇게 해서 오행환에 더불어 갈기환이 더해졌다.

당장 갈기환만으로 심법을 다루면 더 좋겠지만, 그들은 아직 무공에 있어서는 초보. 그래서 육 일에 한 번을 더하는 것으로 처리했다.

매일같이 흡수하는 아이들에 비해서는 확실히 적은 터.

헌데 그것만으로도 그 가치를 아는 의원들이야 대번에 놀랐다. 이게 어떤 의미를 가지는지 알고 있기 때문이다.

오행환보다 갈기환에 더 많은 재료, 운현의 진기까지 들어감을 그들은 모두 알고 있다.

하지만 이를 모르는 일부 학자들—자신이 할 일에만 집중하고, 그 외에는 학문이나 닦는 자들—은.

'보약이라도 되는가.'

'좋은 거로군. 소문으로 조금 듣기는 했지.'

하고 대번에 삼키는 자도 있을 정도였다.

아이들에게 갈기환이 어떤 효용을 보이는지 직접 보지를 못했으니 그런 무식한 짓을 벌일 수 있었던 걸지도 모른다.

어쨌거나 그런 자들을 시작으로 해서.

"크흠. 뭐, 그래도 좋은 건데 먹읍시다."

"그래요. 신의님 뜻이라지 않습니까."

한 명이 먹기 시작하니, 이 귀한 걸 어찌 주었느냐고 물었던 의원들도 대뜸 갈기환을 집어삼키기 시작했다.

몸에 좋은 약은 입에도 쓰다는데, 정말 좋은 약이어서 그런지 갈기환은 입에 들어가자마자 살살 녹는다.

'역시 영약일세.'

자신들이 만들기는 했어도, 직접 먹을 수 있을 거라고 누가 생각이나 했을까.

왠지 모를 감격이 들어서 몸까지 부르르 떠는 의원들도 있을 정도다. 입에서 녹아드는 그 맛, 그리고 이어지는 진기.

'대단하다.'

오행환에 비할 바가 아니었다.

소림사의 대환단만큼이나 대단한 영약도 아니지만 당장 내공이 확하고 불어날 거라고 확신을 주는 힘이 느껴지자, 그들은 감격에 젖었다.

무공을 익힌 지 얼마 안 되어 1—2년 내공을 겨우 가진 그들에게 갈기환이란, 당장은 어마어마한 영약이 되는 것이다!

나중에야 몇 년씩 무공을 익힌 아이들처럼 적응을 하겠지만 당장은 그랬다.

의원들이 환희에 몸을 부르르 떨고 있는 것과는 반대로, 그들을 바라보는 무인들의 표정은 더욱 굳어진다.

'지금이 중요하다.'

저들이 무공을 익히게 된 시간은 짧다.

경험도 일천하고 원회공심법이 그리 대단한 무공도 아니다.

운현이 오행환, 원회공심법, 금갑오행공의 삼박자를 잘 맞춰놓아서 높은 효율을 보여 왔을 뿐이다.

그런 상태에서 갈기환이라고 하는 영약을 흡수하는 것은,

'그릇이 넘칠지도 모르지.'

꽤나 긴장되는 순간이 될 수밖에 없다.

"그동안 연습한 대로 갑니다. 원회공심법 대주천을 시도하는 겁니다!"

대주천을 시도한다지만, 과연 제대로 할 수 있을까.

이 갈기환을 주기 이전부터 미리 대주천을 할 수 있도록 진기를 도인해 주고, 여러 훈련을 거쳐 왔다지만 그게 쉬울까.

소주천에 비해서 대주천 자체가 아주 쉽게만 되는 건 아니다.

어떤 삼류의 무인들은 대주천 자체를 수년의 시간을 들여서 하는 경우도 있을 정도!

그걸 운현의 설계와 무인들의 노력을 들여 물심양면으로 환경을 만들어 냈다지만.

"알겠네!"

"예!"

결국 대주천을 실행하는 건 다른 누구도 아닌 의원과 학사들이다.

녹아드는 갈기환. 거기서 솟아오르는 내력으로 환희에 몸을 부르르 떨던 자들도 그제야 몸을 바로 한다.

그들이 완전히 집중을 하기 이전에.

"더 시간을 끌다가는 갈기환의 내력이 줄어듭니다. 그래도 마음을 다급하게 하지 마십쇼."

"이번이 아니더라도 기회는 있습니다. 집중하는 겁니다."

"연습한 대로만 하면 됩니다."

주의할 것들을 하나라도 더 알려줘 보려 애쓰는 무공 교두들이다.

그들로서는 정도 붙을 대로 붙었다. 나이도 안 맞지만 사제지간의 정 아닌 정도 조금씩이나마 싹터갈 정도다.

그러니 더욱 마음이 쓰일 수밖에 없다.

'후……'

'잘해야 할 텐데.'

무공을 처음 익힐 때 질색을 하던 자. 중년이 되어서도 열심히 하던 자. 학자의 몸으로 도무지 무공에는 소질이 없는데도 열심히 하던 자.

그런 많은 자들이 교두들의 눈에 하나씩 밟힌다.

그리고 의원과 학사들이 하는 대주천에 함께 집중한다.

이들 중에서 단 한 명이라도 문제가 생긴다면 그때부터는 자신들의 역할이 중요하게 된다.

대주천이란 게 그랬다. 잘못하면 주화입마에 이를 수도 있다.

물론 이들 정도야 고작해야 일이 년 내공을 가진 터.

문제가 생기면 운현이 나서서 치료를 해 줄 수도 있고, 그 이전에 아직 갈기환을 받지 않고 대기하고 있는 의원들에게 데려가면 될 일이다.

그리하면 어떻게든 치료는 되겠지.

정 안 되면 교두들이 갈기환의 내공이야 아깝든 말든 진기도인을 해내면 될 거다.

날아가는 갈기환의 내공이야 아깝지만 사람부터 살고 보면 될 테니까.

'그래도 첫 단추가 중요하지.'

이왕이면 모두가 잘해 줘야만 좋지 않겠는가.

문제가 생기지 않아야, 다음에 갈기환을 먹어야 하는 자들도 긴장이 덜할 거다.

그리고 갈기환이 더해져서 그들이 강해지면 강해지는 대로, 운현이 뜻하는 바로 나아갈 수 있겠지.

한울을 제외하고는 운현이 하고자 하는 바가 무엇인지 제대로 아는 자는 드문 터.

하지만 신의라 불리는 운현이 하는 바가, 자신들에게 해가 되지는 않을 거라는 것 정도는 본능으로 느끼고 있었다.

'해내야 한다.'

'어휴. 어째 내가 진기도인하는 것보다 긴장이 더 되누.'

해서 모두가 한마음으로 갈기환의 흡수가 성공하길 빌고 있다.

모순되게도 몇 년씩 무공을 익힌 아이들에게 먹이는 것보다도 더 긴장되는 모습이었다!

그렇게 반 각. 반 시진…… 이어서 한 시진!

대주천을 하고도 남을 시간이 지나간다. 아이들보다는 못했지만 한 장소에서 같은 원회공심법을 돌려서일까.

그들을 중심으로 기가 소용돌이치듯, 회전하기 시작한다.

운현이 이곳에 있었더라면 또 다른 의미로 기에 관한 해석을 하겠지만 아쉽게도 당장 그는 다른 곳에 있는 터.

시간이 지나가고.

"화아."

의원들이 하나둘씩 깨어나기 시작한다.

성공이었다.

第八章
징조

　지시를 내리기 위해서는 아랫사람에게 설명을 잘하는 것
도 일이다.

　제대로 설명도 하지 않고서 시키기만 하는 상사 따위. 쓰
레기밖에 안 된다.

　거기다 책임까지 미룬다면, 그건 재활용도 못 할 폐품이
고.

　'그런 폐품이 될 순 없지.'

　해서 운현은 지시를 내림과 동시에 이해를 돕기 위해서
그의 집무실에 의방의 핵심인들을 불러 모으곤 했다.

　총관으론 한울, 의원을 대표해서는 우진, 무인을 대표해선 삼권호다.

운현만큼은 아니지만 다들 의방 안에서는 한가락씩은 하는 터.

이들을 대표로 삼는다고 해서 반발할 자는 아무도 없었다.

그런 그들을 불러모아 놓고서는 회의를 진행하기를 한참.

의방의 자금을 더 늘리기 위해서는 약을 더 생산해야 한다는 한올이나,

언제쯤 상을 줄 거냐고 눈치를 잔뜩 주면서도, 아이들이나 사람들을 가르친 경과에 대해서는 곧잘 보고를 하는 삼권호.

무공을 익히고 기에 관한 이해도가 올라가면 올라갈수록 실력이 상승해 가는 의원들.

그런 의원들을 이끌고 있음으로써, 해야 할 일이 새로이 생겨나 가장 피로해 보이는 우진의 보고.

이런 이들의 보고를 다 들은 운현으로서는.

'좋군. 이런 부분들은 아주 좋아.'

만족을 할 수밖에 없었다.

역시 인성은 물론이고, 실력도 있는 자들을 가리고 또 가려서 각지에서 모아서 뽑았더니 다들 제 몫을 한다.

때로는 제몫 이상이라 해도 과장은 아닐 거다.

자신이 새로 도입한 일은 중원에서 나고 자란 사람들로서는 하기 힘들 텐데도 어떻게든 따라온다.

이유를 잘 모르면 어떻게든 이해를 하려 한다.

당장 이해가 어려우면, 우선은 운현을 믿고서라도 따라온다. 후에 이해를 구할 따름이다.

믿음과 열의.

교과서에서나 볼 법한 그런 단어들이지만, 실제로 그러한 것들이 의방을 돌아가게 하고 있었다.

일의 경과를 보면서 뿌듯해하는 것도, 기분 좋아 하는 것도 모두 이 의방을 처음 꾸린 운현으로서는 당연한 권리일지도 몰랐다.

하지만 딱 하나 걸리는 게 있었으니.

"아직도 모두가 삼류까지는 무린가? 차이는 나더라도 그정도는 모두 도달할 줄 알았는데."

"무슨 사람들이 다들 신의님 같은 줄 아십니까."

"맞습니다. 이만큼 따라가는 걸로도 저희로서는 최대한 노력하는 거란 말입니다."

"흐음……."

시간이 지났음에도 아직까지 그가 예상한 바까지 올라서지 못하는 게 하나 있었다.

무공 실력.

'이게 그리 어려웠나.'

다 큰 사람들을 데리고 하기에 어려움을 예상하기는 했다.

그래서 지원을 빵빵하게 하지 않았나. 그 효과를 보았음인지 의방에 있는 아이들은 아주 잘 자라서, 강해지고 있었다.

재능이 있으면 있는 대로 강해지고, 재능이 약간 부족하다고 하더라도 약빨로 올라섰다. 그도 아니면 삼권호 같은 성심성의껏 가르치는 스승 덕분으로 메웠다.

일종의 평균치를 가졌다 이 말이다.

자라나는 아이들이어서 그런지 그 효과가 빨랐다.

'그래서 의원들에게는 반만 바랐는데…….'

어째 같은 지원을 받는데 학사들이나 의원들은 너무 더디다. 의원들은 좀 나은데 특히 학사들은 심하다.

여기까지 겨우 따라오는 걸로 자랑스러워하는 것도 좋지만, 그래도 슬슬 탄력이 붙어야 할 때가 아닌가.

기대가 너무 컸나.

묻지 않을 수가 없다.

"삼류 정도 되는 걸 내가 너무 기대한 겐가?"

"근골이 굳어도 너무 굳었습니다."

"그걸 떠나서 학사들이 무슨 무인입니까. 무과를 지원할 자들도 아니고 학사들입니다. 경전 읽던 자들입니다, 저희는!"

"흐음…… 그래도 지원은 꽤 괜찮지 않나? 어지간한 중소문파 이상이지."

"그래도 재질이란 게 있지 않습니까. 타고난 바가 다릅니다, 타고난 바가."

근골이 그리도 큰 문제였나.

무공이 근골에서 시작해서 근골에서 끝났다는 말도 있지만 과연 그거뿐만일까.

그렇다고 한다면 같이 무공을 익히고 있는 의원들도 따라오지 못해야 하는 게 정상이다. 그런데 그들은 곧잘 따라온다.

비록 아이들에 비해서는 부족하지만, 예상만큼은 하고 있다.

그렇다면 차이는 하나.

'기에 관한 이해의 차이가 이리 컸나.'

기에 관한 이해만이 단 하나의 차이다.

이는 운현으로서도 생각지 못한 부분이다.

절정이나, 일류의 경우에는 기에 관한 이해가 아주 중요함을 몇 번이고 경험했다.

고 표두만 하더라도 '기가 무엇일까' 라는 화두 하나로 절정에 이르지 않았나. 아버지 또한 기에 관한 깨달음으로 말미암아 절정이 된 걸로 알고 있다.

삼권호?

그도 운현이 기의 혈맥에 관한 부분들을 바로잡아 주고, 또한 생각지 못한 화두를 던져 줌으로써 깨달음을 얻었다.

그런 경우의 예는 많아도 너무 많았다.

해서 일류에서 절정 사이, 절정 그 이상의 경지에서는 기에 관한 이해도가 아주 중요하다고 여기긴 했다.

그래도 삼류에서부터 이 기에 관한 이해라고 하는 게 발목을 잡을 줄은 몰랐다.

'예상 밖 천지로군. 지금이야 큰 차이가 아니지만, 갈수록 차이가 벌려지면 그건 좋지 못한데.'

이래서야 안 됐다.

학사들도 나름 자기 몫을 해야 했고, 학사들이라고 해서 위험에 처하지 않을 리가 없다.

난세에서 위기라고 하는 건 사람을 가리는 게 아니라, 전부를 위험에 빠트리곤 하니까.

그러니 여기서부터 잡아야 했다.

해결 방법?

떠올리려고 고민을 할 필요는 없다. 의방에 사람이 이렇게도 많은데 운현 혼자서 떠올리려고 하는 게 비효율적이라는 건 진즉 배운 지 오래다.

이미 올라왔던 많은 방안들, 안건들, 그들의 의견들을 종합해서 생각해 보면 될 뿐이다.

그리고 그중에서 떠오르는 건 하나.

'조금 위험할 수도 있겠지만⋯⋯ 그 정도는 내가 어떻게든 메울 수 있겠지.'

의방의 의원들 중 떠돌이 의원이 아닌, 자신의 의방을 작게 운영하던 이. 그러면서도 후에 운현의 뜻에 감화되어서 제 발로 의방을 찾아온 자.

전성은.

나름 의술에 대한 뜻이 깊고, 인연이 닿아서인지 여러 가지로 신기한 대법을 가진 의원이 하나 있었다.

약간은 외골수적인 성격을 가져서 같은 의원들과도 잘 어울리지 못하지만, 그 의술은 다른 의원들도 분명 인정하는 바다.

그의 이야기를 꺼냈다.

"우진. 전에 전성은 의원이 제안한 대법이 있었지?"

"설마 그 대법 말입니까?"

"그래. 금침변골의행대법이라고 했던가?"

"⋯⋯맞습니다. 들으니 기억나는군요. 전 의원답지 않게 꽤 열변을 토하며 말했었지요."

"맞군."

금침변골의행대법(金針變骨義行大法).

'아득하니 이상한 이름이지.'

이름을 도무지 지을 줄 모르는 운현으로서는 절대로 지을 수 없을 그런 이름을 가진 대법.

뜻이야 좋다지만 운현이 이 대법을 만들었었더라면 절대로 저런 길고 긴 이름을 붙이지는 않았을 거다.

그래도 그 이름만큼이나 효과는 꽤 뛰어난 편.

이름을 떠나서 걸리는 바가 있다면 둘. 하나는 비용. 다른 하나는 그 시전자의 능력.

비용과 실력이라니.

꽤 현실적이지 않은가?

약재로 들어가는 비용도 꽤 되지만 중요한 건 대법의 일부에라도 금침이 들어간다는 점이다. 금이 가진 기운이 필요한 거다.

다음으로 어지간한 의술을 가진 자가 아니고서야 이걸 실행하는 것도 어렵다. 이름만큼 대법 자체의 난이도가 높다.

그래도 운현은 자신이 있었다.

'금침의 기운은 내 선천진기를 잠시 주입해서 때우고,

침이야 약하기는 하지만 어찌 되겠지.'

정 안 되면 연습을 해서라도 하는 방법도 있다.

그도 부족할 거 같으면, 침을 잘 다루는 자에게 운현이 기운을 주입한 침을 쓰게 하는 것도 방법.

사용하자고만 하면 사용할 방법은 넘쳐나니 문제가 될 게 없었다. 역시 사람이 많고 보니 방법이 많은 거다.

"그걸 하실 겁니까?"

"안 될 게 뭔가?"

"뭐…… 의원으로서야 찬성입니다만은…….''

우진이 한울을 흘긋 본다. 근래 들어서 의방에 돈이 쭉쭉 나가니 머리를 싸매고 있는 그의 눈치를 보는 거다.

자신의 돈도 아닌데, 자기의 돈처럼 아까워한달까.

자기 돈처럼 관리를 해 주는 게 책임감이라고도 볼 수 있지만, 이럴 때면 꽤 귀찮은 이가 되기도 한다.

'이것도 일이겠지.'

그래도 책임감을 뭐라 할 수는 없으니. 적당히 어르고 달랠 수밖에.

"크흠. 회의는 이만 파하고, 총관은 남아 주게나."

"알겠습니다."

"옙!"

눈치는 빠른 삼권호와 우진이 잽싸게 나간다.

그 뒤로 운현은 작게 한울에게도 들키지 않게 한숨을 내
쉰다.

자신에게 충성을 바친다지만 깐깐하기만 한 총관을 설득
해야 하니 그렇다.

'꽤 고생할지도.'

그에게서 돈을 꺼내려면 처음은 역시 굳건한 의지를 보
임이 좋겠지?

"대법을 실행해야겠네."

"돈이 문제지요?"

"그러네."

"학사들이 그 대법을 받을 것이구요?"

"알잖은가?"

역시 한울도 눈치가 없지는 않았다. 대법을 위해서라는
걸 아주 잘 알고 있었다. 그 대상도.

그리고 그 답은.

"그럼 하시죠."

"응?"

"하시라고 말씀드렸습니다. 돈이야 융통하면 되겠죠. 이
제는 그런 융통에는 이골이 났습니다."

너무도 쉽게 허락의 답이 나왔다. 되려 운현이 놀랐다.

"그래도 되는가?"

당황해서 되물었을 정도다.

"어차피 말린다고 듣는 분도 아니잖습니까."

"그도 그렇지."

"게다가 저도 근래 들어서 꽤 시달리고 있단 말입니다. 같은 학사들이 꽤 의기소침해하기도 하고요."

"흐음……."

팔이 안쪽으로 굽는 건가.

하기는 학사들을 이끌어가야 하는 그로서 같은 학사들이 밀리는 건 신경이 쓰일 수밖에 없겠지.

의방이래도 무인, 의원, 학사가 균형 있게 돌아가야지, 한쪽이 밀려서야 그건 좋지 못한 현상이니까.

생각보다 쉽게 허락이 났다.

"대신에 제대로 해 주셔야 합니다? 꽤 기대할 겁니다. 우리 학사들도."

"염려 말게나. 제대로 해 주지!"

그대로 결정 났다.

금침변골의행대법. 그 괴상한 이름의 대법이 무공을 따라잡지 못한 자들을 상대로 시행될 거다.

운현의 손에 의해서.

새로운 일이 생긴 거지만, 그리 나쁜 기분은 아니었다. 단지 문제는 이 다음.

'그럼 난 또 움직여야겠군. 괜찮으려나.'

그가 가야 할 곳에 있을지도 몰랐다.

＊　　　＊　　　＊

운현은 약속된 장소로 갔다.

약속이 있지 않더라도 그녀는 이곳에 자리하고 있을 거라 여겼다.

밤의 야화들이 핀다고 하는 이곳이 그녀의 보금자리니까. 그런데,

"이곳에 없다고요?"

"예. 근래는 바쁘시니까요. 후훗. 혹여나 신의님도 한가하시면?"

"저는 됐습니다. 하핫. 그럼 이만."

해가 기울어 간다지만 아직 낮임에도 던져오는 추파를 어색한 웃음으로 넘기고서는 루를 벗어나 나온다.

청경루(靑莖樓).

전에 있었던 홍루가 아니다.

얼마 전부터 새로이 만들어진 주루다. 등산현이 발전을 한 만큼 이곳도 발전을 했다.

어쩔 수 없는 부분이지, 나쁜 것만은 아니었다.

어떤 식으로든 발전을 해나가는 거니까.

이런 곳은 없앤다고 없어지지 않는 곳이라는 걸 뻔히 알기에, 그대로 둘 수밖에 없는 곳이기도 했다.

다만 운현의 성격상 이러한 것들을 즐기지 않을 뿐이다. 하자면 못할 것도 없지만, 역시 마음이 동하지 않는달까.

그런 곳의 중심으로부터 벗어나려 한다.

"어머?"

"신의님이 오랜만에 오셨네?"

몇 번의 추파를 더 받고나서야 등산현의 야화들이 피는 곳을 확실히 벗어날 수 있었다.

"휴우. 여기가 제일 강적이었군."

차라리 무인들을 몇 상대하는 게 낫지. 여인들을 상대로 하는 건 역시 힘든 일이다.

마음대로 할 수도 없고, 마음대로 해서야 얻을 것도 없다.

되려 한 명, 한 명이 다들 사연이 있음을 알고 있으니 마음이 쓰일 정도다.

'차차 열릴 시간인가…… 그래서 사람이 좀 많았군.'

가장 외곽.

그곳에서부터 슬슬 다가오는 밤을 위해서 영업을 준비하려는 듯 부산스러워지는 것을 한 번 바라본다.

밤을 여는 자들의 풍경을 한번 일견하고는, 운현이 뒤를 돈다.

'어디로 갔으려나.'

그녀는 약속을 어길 사람이 아닌데 자리에 없다니. 무언 가 이상했다.

'혹시?'

일이라도 벌어진 건가. 괜히 놀란 가슴을 하게 된다.

그녀도 중요한 사람이다. 무슨 일이 일어나기를 원할 리 가 없다. 하지만 가만 이성적으로 생각해 보니.

'그건 아니겠지.'

아니겠다 싶다. 하연화에게 무슨 일이 생겼더라면 하오 문 사람들이 난리가 나서 자신을 찾아 왔을 거다.

"그럼 대체 어딜 간 건가."

그녀가 있을 만한 곳. 인연이 닿은 곳은 의외로 많지가 않다.

운현과의 일이 아니더라도 그녀는 지부장으로서의 일이 많아 함부로 몸을 움직일 만한 처지가 아니다.

여러 가지로 그럴 상황이 아닌데도 움직였다고 한다면,

"혹시? 거긴가."

운현이 떠올릴 만한 곳일 게 분명했다.

　　　　*　　　*　　　*

　여자 셋이 모이면 수다의 꽃이 핀다던가.

　평소라면 조용하기만 할 이곳에서 조잘대는 소리가 퍼져
나온다.

　등산현에 자리 잡은, 정식은 아니지만 반쯤은 남궁가 지
부라 할 수 있는 저택에서였다.

　가장 활기찬 건 하연화.

　그녀는 운현과의 약속도 잊은 지 오래인 건지, 가장 신나
보였다. 근래의 여러 일로 한창 고생을 하고 있던 걸 생각
하면 오랜만의 웃음꽃이다.

　"어머. 정말요? 그러실 때도 있었단 말이에요?"

　"네."

　"어머어머."

　"대련을 싫어해……요?"

　대화의 주제는 역시 운현.

　"완전히 싫어해요."

　"의외네요?"

　"그러니까요. 그 나이에 그 정도 경지려면…… 좋아해야
되지 않나요?"

　"으음…… 그러니까요."

"천재여서 그럴지도요."

"맞아요."

다들 질투의 화신이나 된 양, 운현을 두고서 눈빛을 날린 게 엊그제 같지 않았던가.

그런 그녀들에게 시간이 약이었을까.

전의 살벌한 눈빛은 이미 온데간데없이 사라진 지 오래다.

화려한 꽃봉오리가 만개하듯 피어가는 그녀들을 두고도, 운현이 알 듯 모를 듯한 태도로 방치 아닌 방치를 한 지가 오래.

같은 처지에 있다 보니 동병상련의 정이라도 들었던지, 자매처럼 친해졌을 정도다.

이곳에 어린 장지민이 끼어 있는 게 의외긴 하지만. 그녀도 비슷하다면 비슷한 감정을 가졌으니, 어쩌면 당연히 와야 했을지도 몰랐다.

별거 아닌 이야기.

운현의 과거 이야기. 따로따로, 운현과 겪었던 이야기로 도란도란 이야기꽃을 피우는데, 그 이야기의 끝이 어딘지 가늠이 안 된다.

짧기만 한 남궁미와 운현의 대련 이야기로도 몇 시진은 더 보낼 수 있을 거 같은 기세였다.

그렇게 꽤 오랜 시간.

시계가 있는 것도 아니건만, 본능적으로 시간이 꽤 흘렀음을 느낀 걸까. 남궁미가 조심스레 하연화를 보며 묻는다.

"그런데, 안 올까요?"

"음. 올걸요? 그래도 예상보다 좀 늦긴 하네요."

"안 올지도요."

이게 무슨 소릴까.

설마 하연화가 운현과의 약속을 알고 있으면서도, 일부러 약속 장소에 가지 않은 걸까? 겨우 잡은 약속인데도?

"아뇨. 올 거예요. 오랜만의 일이기도 하고, 정말 중요한 일도 있거든요."

"그래도 괜찮아요?"

중요한 일인데도 이곳으로 기어이 왔다니.

그 말에 놀라서 장지민이 괜히 묻는다. 걱정해 주는 거다.

어리기만 하던 장지민, 사람 대하는 걸 어색해하기만 하던 그녀가 걱정을 해 준다니.

강시로 인해서 아버지를 여의고 이곳에 온 지 오래. 다른 이에게 정을 붙이지도 못할 것만 같았던 그녀도 시간이란 약에 조금은 변한 걸지도 모른다.

그러니 이렇게 셋이서 하는 수다에도 끼어들 수 있는 거겠지.

초반의 그녀답지 않게 곧잘 존대를 하며 이야기에 끼는 것도 꽤 의외의 모습이기는 했다.

보아하니,

"이번 일은 남궁가의 도움도 분명 필요했으니까, 괜찮아요."

"명분이 있는 거로군요?"

"그렇죠. 우리 지민. 잘 아네요?"

"헤헤……."

언니인 하연화가 장지민을 잘 이끌어 와서 지금의 변화가 있는 듯했다.

"명분만 있으면 괜찮아요. 그리고 솔직히 신의님이 잘못하긴 했잖아요, 그동안?"

"그건 그래요."

하기야 장지민에 관해서는 운현이 잘못하기는 했다.

역병에 걸린 아이, 그 아이를 부탁받아서 데려와 놓고서는 달리 신경을 써 주지 못했다.

다른 아이들과 같이 교육을 받을 기회를 주고, 무공도 가르쳐 주고, 의술도 가끔가다 신경 써 주기는 했지만 딱 그 정도다.

그의 아버지가 죽어갈 때에 유언으로 '잘 부탁한다.' 라고 했던 부탁에 부합할 만큼 잘 챙겨줬다고 하기는 힘들었다.

그나마 하연화나 남궁미, 의가의 사람들이 신경 써 줘서 다행이었다.

운현으로서도 일이 계속해서 닥쳐 그러했다고 말할 핑계가 있기는 했지만, 어디 그게 먹히겠는가.

분명 챙겨 줄 수 있는 부분이 있음에도 무심한 거는 무심한 거였다.

여인이고 무엇이고를 떠나서, 어찌어찌 깊게 인연이 닿았음에도 챙겨주지 않는 것에 대해선.

"이렇게 아리따운 여인들이 기다리는데, 한 번도 안 찾아오고."

"매일 하자는 대련도 안 하고. 핑계만 대고."

"……으음. 저도 잘하겠다고 했는데요."

운현으로서도 유구무언일 수밖에 없을지도 몰랐다.

대련을 해 주지 않는 거나, 챙겨주겠다 하고 챙기지 않은 것. 그런 것들은 때로 죄가 되기도 하니까.

유구무언(有口無言)이다.

그녀들도 운현이 바쁨은 알고 있지만, 반쯤은 벼르고 있을 수밖에 없었다. 섭섭함이라는 큰 독을 품고 있달까나.

그때.

"큼큼. 계십니까?"

호랑이도 제 말하면 온다지 않던가.

아니 이번에는 운현이 호랑이가 아니라 호랑이에게 먹힐 제물일지도?

운현이 제 발로 호랑이 굴이나 다름없는 남궁미의 저택에 하연화의 발자취를 좇아 들어와 버렸다.

*　　*　　*

"……그러니 약속은 지켜야 해요."

"알겠습니다."

"그럼 끝? 지민은 할 말 없는 건가요?"

"으음…… 사내는 자기가 한 말은 끝까지 책임져야 한다고 생각해요."

"알겠어."

오랜만에 강적을 만났었다.

꽤 오래된 잔소리.

세 명의 여인이 이어가며 하던 잔소리를 책으로 엮었더라면 몇 권쯤은 나오지 않았을까.

'이 시대는 손으로 써야 할 테니…… 그것도 꽤 힘들겠군.'

정신적으로 타격을 받아서 그런지, 괜한 헛생각까지 들 정도였다.

그렇다고 그녀들을 뭐라고 할 수 없는 것이 자신이 지은 죄가 있었다.

특히나 남궁미의 경우엔 매일 대련을 벌여줘야 함에도 미룬 건 자신이었다.

바쁘다는 핑계를 봐줬달까.

용케도 단호한 그녀의 성격치고도 꽤 참아주기는 했다. 그녀랑 대련을 한 지 꽤 오래 되었으니까.

하지만, 딱 거기까지인 듯했다.

약속을 했으니 지켜야 했다. 지민의 경우도, 그도 마음속에서 잊고만 있었던 건 아닌지라 책임을 져줘야 한다는 건 알고 있었다.

일방적이기만 했던 유언이기는 했지만, 그걸 지키겠다고 다짐한 건 자신이었으니까.

의술이든 무술이든 간에 자신과 같은 길을 걷겠다 한 지민의 의지가 있으니, 그걸 위해서라도 꽤 신경 써 줘야 하리라.

'대법을 준비해야 하는 것만큼이나 고된 일이 되긴 하겠군.'

그래도 자신이 한 약속이다. 지켜야 했다.

그럼에도 괜히 자신도 모르게 한숨이 나오는 것까지는 운현으로서도 어찌 막을 수가 없었다.

"후아……."

지쳐서겠지.

하지만 그 한숨마저도.

"어머? 지금 한숨 내쉬신 거예요?"

"아닙니다. 설마요."

가만히 상황을 지켜보던 하연화에게는 꽤 거슬리는 것일지도 모르겠다. 하기는 그녀로서도 섭섭한 게 꽤 되기는 할 거다.

그나마도 가장 많이 참아주고, 가장 운현에게 헌신한 게 하연화 아닌가.

그런 그녀를 두고 한숨이라니, 예가 아니었다. 보통 사람에게도 앞에 두고 한숨을 쉬면 예가 아니니까 확실히 그러했다.

"후후, 됐어요. 오늘은 여기까지만 할게요."

"……감사하다고 해야 하는 겁니까?"

"그럼 다시 시작할까요오?"

"아닙니다. 아니죠. 그나저나, 부르신 이유는 어찌 된 겁니까? 꽤 급한 거라고 생각해서 왔습니다만은……."

"음…… 과거에 관한 일이긴 해요. 따로 처리하려고 했는데, 역시 신의님의 도움이 필요할 거 같아요."

그녀가 말한 일은 단순한 편이기는 하지만, 그가 없어서
는 안 될 그런 일이었다.

第九章
대법의 시행

하연화 그녀의 이야기를 들었다.

그녀가 운현에게 요구하는 것은 아주 어렵지만은 않은 일이었다. 그로서도 그 정도는 당연히 해 줄 수 있을 만한 일.

"옛날 일의 이유를 말해 줘야 하는 거군요? 이미 설명을 꽤 했을 텐데요?"

"네. 이미 말씀해 주신 것도 있기는 하지만, 한번 확인을 해야 한달까요?"

"오래돼서인가요, 아니면……."

"확인을 위해서랄까요. 많이 바쁘신 건 알지만 일이 일인지라……."

오래전 토사곽란이 벌어졌을 때의 그 일. 그가 행했던 조치들에 대한 설명을 필요로 했다.

'이해는 가는군.'

저 북쪽에서부터 남쪽으로 역병으로 보이는 것이 내려오고 있다고 한다.

많은 이들이 죽어 가고, 또 많은 이들이 시름시름 앓는다던가. 그에 관한 일은 운현도 들은 바가 있기는 했다.

하지만 의선문이 있어서 안심을 하고 있었는데, 그들로서도 이번 역병을 잡아내고 있지 못하는가 보다.

'그만큼 큰일인가……'

하기는 역병이라고 하는 무시무시한 병까지 갈 필요도 없다.

고뿔. 고뿔이 발전한 폐병으로도 쉽게 죽는 게 중원의 양민이다. 때로는 고뿔만도 못한 피로 누적, 영양실조로도 사람이 픽픽 죽어 간다.

그게 현실.

운현도 그 현실을 알고, 그 현실을 막아보고자 나선 게 아니던가.

그로서도 이 중원 전체를 그리하는 건 가늠도 되지 않는 일이라 호북 전체로만 한정을 지었던 터다.

호북 전체라 해서 우습게 볼일은 아닌 터.

아무리 전생의 일을 겪고, 어지간한 양민보다 좋은 환경에서 태어난 운현이라고 하더라도 평생을 바쳐야 할 일이다.

거기에 더불어 암중 조직 때문에 해야 하는 일은 태산같이 늘고 있기도 한 상황.

그렇다 보니 정작 의방은 호북성에 많이 퍼트리지도 못하고 있는 모순된 현실이다. 그나마 근래에 약방이라도 지어서 분점이라도 만든 게 발전이라면 발전이다.

운현이 있는 호북성이라고 해도 이러할진대, 다른 곳이라고 해서 다를까.

명의로 이름난 자들이 있는 곳 일부를 제외하고는 돈이 없거나 사정이 여의치 않다면 치료를 못 받는 이들이 다수다.

그러니 운현이 그때에 했던 일들, 토사곽란에 대한 대처법과 그 이유에 대해서 물어보는 것도 이해는 갔다.

다른 의방이었더라면 비법이라는 둥 갖은 핑계를 대면서 가르쳐 주지 않겠지만,

"그 정도야 바로 해 드리지요."

"오래는 안 걸리실 거예요. 이미 정리를 한 게 있으니까. 그에 관한 확인만 해 주시면 돼요."

"해석도 더해 주면 좋고요?"

"후후. 예. 잘 아시네요."

그라면 가르쳐 주지 못할 이유가 없다.

'이참에 내 방식이 중원에 퍼져 나갔으면 할 정도로군.'

소독, 격리, 수분 보충 등등. 그때에 행했던 여러 일들.

지금도 의원으로서 일하고 있지만, 그때만큼이나 치열하게 치료를 위해서 애썼다고 한 일이라고 해 봐야 개인의 치료 정도랄까.

간간이 찾아오는 무인들을 치료해 주고, 양민들을 치료해 주는 게 다였다.

그나마 애써서 했다고 할 만한 것은 그의 첫째 형 명학을 치료해 줬던 일이랄까.

그렇다 보니 운현의 방식이 많이 퍼지질 못했다.

의명 의방 내야 그의 가르침을 받은 자들이 꽤 된다지만, 중원 전역에까지는 운현이 토사곽란 당시에 썼던 것들이 퍼지지 못했다.

'병을 일부러 만들어서 가르칠 수도 없는 일이었지.'

차라리 그가 지방을 다스리는 관리라도 되었더라면, 억지로라도 시켰을 텐데.

운현의 말마따나 병을 만들어서, 그 병을 치료하는 법을 퍼트릴 수도 없지 않은가.

그래서 그날의 그 일 이후로, 또다시 발전이라고 하는 건 없었다.

격리야 이미 중원의 방식이 있다고 치고 넘어간다지만 입원실이라든가, 격리실을 따로 짓고, 소독을 한다든가 하는 방식에 대해서는 가르칠 길이 없었던 게다.

그렇다면 이참에 잘됐다.

"이거 급하겠지요?"

"음…… 많이 급하죠. 해서 열심히 만든 거라구요?"

"두껍긴 하군요."

그녀가 품에서 꺼내어 준 서책은 꽤 두꺼웠다. 가만 보니.

'애썼군. 일정별로 정리를 꽤 했어.'

운현이 그때 퍼트렸던 방식, 운현이 의방을 운영하면서 그 뒤로 보였던 방식들도 빼곡히 정리가 돼 있다.

운현의 치료일지가 아닌가 싶을 정도다. 집요할 정도의 수준이다. 이 정도의 조사를 하려면 얼마나 많은 인력을 썼을까.

다른 사람이라면 기분이 나쁠 법하지만 운현이라면 오히려 기꺼웠다.

'할 일이 줄었어.'

이 정도의 치밀함이라면,

"애쓰셨네요."

"후후. 역시 알아주시네요?"

"제가 아니면 또 누가 알아주겠습니까."

그가 써야 할 것들이 많이 줄어들게 된다.

그녀가 작성한 이것을 가지고서도 충분히 해낼 만했다.

해석을 넣고, 간간이 내용을 보충해 주는 것만으로도 충분히 대단한 서책이 되어 줄 거다.

이 서책으로 말미암아 많은 자들을 살릴 수 있을 게다.

"우선은 지금 역병이 떠돈다니, 역병의 일을 중심으로 작성해서 드리겠습니다."

"부탁드려요. 꼭요."

"아무렴요. 어차피 제가 해야 할 일이기도 했습니다."

사람을 살리는 일이다.

비법이고 뭐고 챙긴답시고 가르쳐 줘야 할 것을 가르쳐 주지 않을 그가 아니다.

그는 그리 야박하지 않았다.

"그럼 바로 진행하도록 하지요. 꽤 바빠지겠군요."

안 그래도 시행해야 할 게 많은데, 이것도 더해지면 힘들긴 할 거다.

바로 움직여야 하겠지.

그런데 갈 때 가더라도, 궁금한 게 있었다.

"그럼 남궁가에 도움을 요청한 건 무엇입니까?"

남궁가의 일.

그녀가 잠시 망설이다가, 가벼운 웃음을 짓는다.

"후후. 그건 비밀이에요. 이것과는 다른 일이에요."

"그렇습니까? 그거 좀 섭섭한데요."

"업무상 비밀이라구요. 봐주셔야 해요."

하오문과 남궁가의 일인가.

'그들이 이곳 등산현에서 할 만한 일이 있을까.'

남궁가는 이곳이 아니라 안휘성이 본가(本家)인데? 그들의 근거지가 갑자기 바뀔 일도 없을 터인데.

그들이 무슨 일을 하든 간에 상관은 않기는 하지만 이 말만은 해 줘야겠다는 생각이 든 운현이었다.

"무슨 일이든 상관은 않겠습니다. 말린다고 말려질 남궁가도 아니니까요."

"그건 그래요. 말씀드릴 수는 없지만, 알더라도 말려지지도 않을 거구요."

"역시 복잡한 일이로군요."

"조금은요."

복잡한 일이라니 더 말해야겠지.

미리 말을 하지 않아서, 혹은 한번 꾹하고 참았다가 손해를 보는 것은 지금까지의 일로도 족했다.

무슨 일이 생기면 그것에 휘둘리는 것도 이제까지로 족하기도 했고.

"그럼 더 말씀드려야겠습니다."

"음, 무엇이지요?"

"무슨 일을 벌이든 상관은 않겠습니다. 하지만 호북성, 특히 등산현에 해가 되는 일이면 안 됩니다."

운현이 진지한 표정을 지으니, 그녀도 같이 진지한 표정을 짓는다.

그러곤 묻는다.

"그건 의명 의방의 공식적인 뜻인가요? 아니면 신의님의 개인적인 뜻일까요?"

"둘 다입니다."

"음……."

그녀가 가만히 그를 직시한다.

그의 뜻을 읽어보고자 함이겠지. 운현은 그녀를 마주하며 한 점 흔들림도 없이 마주 바라볼 뿐이었다.

그의 변하지 않을 뜻을 전하기 위해서라도.

"……마음이 꽤 굳건해지셨네요?"

"지켜야 할 사람들을 지켜야겠다고 생각했을 뿐입니다."

"후후, 그래요?"

"네. 그런 겁니다."

모두들. 그에게 속한 자. 그의 가족. 그와 인연이 닿은 자들.

그들이 그에게 모두들이다. 그런 자들을 지키고자 결심이 섰으니, 그 결심을 지키고자 할 뿐이다.

방금 운현은 그 뜻을 공식적으로든 그 개인으로서든 하오문에 전했을 뿐이다.

'남궁가에도 다시 한 번 전해야겠지.'

그들을 통해서 남궁가에도 뜻이 전해지긴 하겠지. 그 이전에 그가 먼저 전하기는 하긴 해야 할 거다.

더 이상은 전처럼 유(柔)하기만 한 운현이 아니라는 걸 알려야 하니까.

"어쩔 수 없는 일이겠지요?"

"네."

"음…… 그럼 한 가지 물어봐도 될까요?"

"말씀하시죠."

무엇을 물어보려 하는 걸까. 그녀의 볼이 약간 붉게 달아오른다.

부끄러운 질문이라면 안 해도 될 텐데 그녀는 기어코 입을 열어서 물었다.

"……신의님의 지켜야 할 사람에는 저도 포함될까요?"

그에 대한 운현의 답은.

"물론입니다."

한 점 흔들림도 없는, 기다렸다는 듯한 즉답이다.

"아……."

그와 반대로 그녀의 눈빛은 흔들리고 있었다.

"모두 지킬 겁니다. 제가 아는 모두를요."

"칫. 저만 그런 건 아니네요?"

"아무렴요. 다 소중하니까요."

"핏. 뭐예요, 그게. 으음…… 그래도 일단은 저도 포함되
니까요. 일단은……."

운현에게로 그녀가 한 걸음 더 다가온다. 밀착됐다. 너무
가까워졌다.

"……넘어가 줄게요. 그치만 언젠가는."

"언젠가는?"

"저만 생각해 줘야 할 날이 올 거예요."

"웃."

그녀가 바른 분의 향일까? 아니면 본래부터 그녀에게 나
는 향일까?

그녀로부터 풍기는 향에 아찔함을 느끼는 운현이었다.

*   *   *

'바쁘군.'

일이 더해졌다. 하지만 나쁜 기분은 아니다. 그의 뜻에 맞

는 일들을 하고 있을 뿐이니까.

지치지도 않으며, 정신적으로 피로해지지도 않는다. 하고
자 하는 일에 열의를 쏟는데 지칠 사람은 아무도 없을 거다.

다만 하루 열두 시진이 바쁠 만큼 움직여야 한다는 게 문
제라면 문제일 터다.

'가능하면 양의심공이라도 배우고 싶군.'

한 손으로는 그의 결제를 필요로 하는 것들을 살펴보고
직인을 찍어준다.

그리 움직이면서도, 또 다른 한편으로 그의 귀는 쫑긋대
고 있었다.

전성은 의원.

강직하다 못해 외골수적인 성격으로 주변의 의원들과도
유독 친해지지 못하는 그가, 오랜만에 열의를 불태우고 있
어서다.

바로 운현의 앞에서!

"신의님. 그러니 이번에 시행하실 금침변골의행대법이라
고 하는 것의 핵심은 침법을 통한 강화에 있습니다. 그로 인
해서……."

쉼 없는 설명.

다른 의원들이 보았더라면 전성은 의원이 이리 말이 많았
나 싶을 정도였다.

"크흠……."

가끔 가다 목을 가다듬는 것을 제외하고는 끊임없이 대법에 대해서 설명을 하는데, 그게 꽤 신묘한 구석이 있었다.

"음…… 인위적 방법이라……."

원리, 방법들을 계속 듣다 보니 일을 하던 운현도 없던 호기심이 생긴다.

"기혈을 뚫어주는 정도를 넘어서는 건가?"

"그렇습죠. 다만 세밀함에서 문제가 발생하니, 의원이 중요합니다."

"세밀함이라……."

대부분의 의원들도 기혈을 뚫어주는 것 정도는 쉬이 한다. 각자가 가진 비법도 있을 정도다.

민간요법으로도 비슷한 게 있지 않은가.

체했을 때 엄지손을 따주는 것도 기혈을 뚫어 주기 위한 행위다.

단순 무식하다는 소리도 있고, 맞다 아니다 싶은 이야기도 떠돌기야 하지만.

'나야 효과를 보았지…….'

전생에 어렸을 적 할머니가 급체를 한 운현을 상대로 팔다리를 주물러 주고, 엄지를 따줬던 기억은 아직도 생생하다.

그 뒤로 참 신기하게 메슥거림과 설사가 멈춘 데다,

"우리 강아지! 고생했다!"

할머니의 약손에서 느꼈던 그 따듯함은 여태껏 잊지 못하는 경험 중 하나가 되었다.

그때가 가장 인상적인 경험이었다.

그때야 자신은 이러한 기혈의 순환경로 경락, 기나 혈을 믿지 못했었지만, 지금에 와서야 그럴 리가 있겠는가.

자신이 기를 익혀 절정을 넘어서 가고 있었고, 그 기반에 선천생공이 있잖은가.

직접 기를 느끼기까지 하니 그 존재를 부정할 리가 없었다.

다만 전성은 의원이 말하는 대법의 방법이 너무도 신기하여 호기심이 들었을 따름.

단순히 기혈의 흐름을 도와서 몸을 보하는 정도를 넘어서서, 전성은이 말하는 방식은 꽤 신선했다.

'파격적이기까지 한 거 같은데.'

어차피 그가 시행해야 할 대법이기도 하니, 이러한 호기심은 자연스럽기만 했다.

"단순히 순환을 도와주는 정도가 아니라, 아예 그 혈을 넓혀 주는 게 핵심이다. 이건가?"

"맞습니다."

"흐음…… 위험하지 않나."

"그래서 많은 약재들이 들어가는 겁니다. 보호를 위해서 죠."

"약재라……."

"여기에 더해서 누차 말씀드리지만 의원도 대단해야 합니다. 숙련되지 않으면, 안 됩니다."

"죽을 수 있으니까?"

"예. 대법을 받을 자를 사지로 보내는 거나 다름없습니다."

약으로 혈들을 강건하게 보호한다. 그 강건해진 혈도를 숙련된 의원이 넓힌다.

단순한 듯하나 순리를 생각하고, 몸의 조화를 생각하는 한의라고 하기에는 파격적일 수밖에 없다.

약으로 금단술을 하는 것도 아니고, 조화를 생각하는 의술이 깔린 것도 아니다.

그야말로 대법 자체가 직접적으로 혈을 건드리는 직접적인 방법이다. 일반적인 방법하고는 확연히 다른 방법이랄까.

"도가 계열로 치면 좌도의 쪽에 가까운 수법이로군?"

"뭐, 솔직히 말씀드려서 전혀 아니라고는 할 수 없습니다. 저희 쪽이 도가에서 파생된 곳이라 듣긴 했습니다."

"그렇군."

운현에게 오기 이전에 작지만 나름 튼실한 의방을 운영하던 전성은 의원 아닌가.

의방이라는 게 크든 작든 쉽게 생기는 것은 아니니, 그도 나름은 그 지역에서 토박이로서 꽤 자리를 잡은 인사였을 게다.

그런 상황에서 운현의 방식에 감화되어서 직접 제 발로 찾아온 특이한 자이기도 하고.

환화세공이나 그러한 것들은 익히지도 않아서 첩자도 아니다. 다만 이력이 특이할 뿐이랄까.

"혹여나 마음에 안 드신다면 없던 일로……."

"어? 아니네."

운현이 가만 고민을 하고 있자 그게 마음에 안 들어 그런 것이라 여긴 건가.

그의 안색이 그리 좋지 못하였다.

전성은 그로서는 집안의 가보나 다름없다 할 수 있는 대법을 내놓은 것이 아닌가.

그런데 그것을 두고도, 좋은 기색만을 내보인 것은 아니었으니 그가 걱정스레 말하는 것도 이해는 갈 만하였다.

'괴팍한 사람이라고 들었는데…….'

알고 보니 마음이 여리고 표현할 줄을 모르는 사람이다.

그러면서 외골수적인 성향도 가지고 있는 특이한 사람이랄까.

이런 사람이 괜히 좌도니 우도이니 하는 것에 신경을 쓰는 게 안쓰러워 보이기도 할 정도다.

이럴 때는 달래주는 게 좋았다.

전성은이 애써 선의를 보였는데, 신경을 더 쓰이게 해서야 예의가 아니다.

"아주 좋네. 솔직히 좌도니 우도니 상관없이, 목적에만 부합하면 되는 거 아닌가?"

"정녕 그리 생각해 주시는 겁니까?"

"왜 아닌가? 나만 하더라도 여러모로 별짓을 다하고 있잖은가?"

"신의님이야…… 신의님 아닙니까."

"하핫. 나라고 다를 게 뭔가. 효과만 있으면 되네. 효과만."

"……그리 봐주셔서 다행입니다."

그로서는 좌도라는 소리를 들었던 걸 꽤나 신경을 쓰는 듯, 다시금 되물었다.

"정말로 괜찮습니까?"

"좋네. 아주 좋아."

운현의 확답에 그제야 환하게 웃음 짓는 전성은이다.

그로서는 신의라 불리는 운현에게 이런 말을 들었으니, 세상 날듯이 기분이 좋을 게 분명했다.

외골수적인 성격을 가진 그로서는 꽤 여러 번 마음고생을 했을 거다.

그의 조상으로부터 물려받은 대법을 시행해야 한다는 의무감과 기대감은 좋았다.

하지만 그 방식이 일반적인 방식과는 다르다는 것에서 오는 괴리감이 문제였겠지.

여러 감정이 섞인 상황에서 그리고 시원스레 대법을 시행할 수 있겠는가. 자신감이 없었을 거다.

그런 상황에서 다름 아닌 운현이 좋다 하니, 좋지 않을 수가 있겠는가.

"바로 시행할 준비를 하도록 하지."

"예. 안 그래도 다 적어 왔습니다."

"자네가 잘 도와줘야 하네. 나도 익혀야 할 게 아닌가?"

"여부가 있겠습니까!"

환한 웃음을 짓는 전성은. 그런 전성은을 믿음직스럽다는 듯이 바라보는 운현.

서로가 서로에게 감화되는 좋은 현상을 보이며 이 둘이 자연스레 대법의 시행을 위한 준비에 들어갔다.

第十章
대법의 시행(二)

　준비는 순조로웠다.

　운현의 입맛에 맞게 시설을 갖춘 지 오래. 여기엔 장인 한
춘석의 고행이 들어가 있지만, 일단 그건 논외로 치자.

　약재의 경우 당장 부족한 것은 상단이나 표국을 통해서
공수를 했다.

　그나마도 아주 희귀한 약재는 아닌지라 구하는 게 어렵지
만은 않았다. 웃돈을 좀 주면 되었으니까.

　여기까지는 순풍을 탄 듯 아주 순조로웠는데, 결국 문제
가 발생했다.

　"으음…… 아직 지원자가 없다고?"

"몇 안 되는 의원들 중에서는 아무래도 이런 게 꺼림칙하지 않겠습니까?"

무식하면 용감하다는 말을 반대로 하면 유식하면 때로 겁이 많아질 수도 있다는 말이 된다.

'이것도 임상실험이라면 일종의 임상실험이지.'

다른 양민들에 비해서 의원들은 대법에 대해서 주워들은 거라도 있을 거다.

좌도니 우도니 하는 것을 떠나서, 자신의 몸에 칼은 아니어도 침을 가져다 대는 건 맞다.

그러니 여기서 꺼림칙함을 느끼는 듯했다. 잘 알고 있으니 실험 삼아서 자신들이 나서기는 싫은 거다.

이런 대법을 강제로 할 수도 없는 일이다.

당장 의원들로서는 이 실험에서 빠지는 것으로 의견이 기운 듯했다.

천하의 운현의 명이라고 하더라도, 그들로서는 당장 이런 건 피하고 싶겠지.

'의원들은 어쩔 수 없나.'

대법의 특성상 고통이 있다거나 하지는 않다. 하지만 대법을 받을 피시전자의 의지도 중요하기는 하니 방법이 없기도 했다.

"그럼 의원들이야 그렇다고 치고, 학사들은?"

"그들은 신체발부 수지부모라고……."

"허이 참."

신체발부 수지부모(身體髮膚 受之父母)라니!

참으로 오랜만에 듣는 소리다. 운현으로서도 절대로 잊을
수 없는 말이었다.

'아우. 전생에서 듣던 말을 여기서 또 들을 줄이야.'

뜻은 좋다. 부모님이 주신 신체를 훼손할 수는 없으니 감
히 훼손하지 않음이 효의 시작이니라.

하는 그런 뜻. 누가 나쁘다고 하겠는가. 어디까지나 뜻은
참으로 꼬투리 하나 잡을 곳 없는 좋은 뜻이다.

하지만 이 상황에 딱히 어울린다는 느낌은 들지 않았다.

진정으로 부모님이 주신 육체를 훼손하지 않기 위해서 대
법을 피한다라는 생각은 들지 않는달까.

괜히 욱하는 심정에 운현이 소리치듯 말했다.

"그거 핑계 아닌가? 그럼 그동안에 어찌 침은 맞고 살았
는지!"

"……크흠. 뭐 그렇습니다."

답을 하는 한울로서도 괜히 겸연쩍은지 운현을 바로 직시
하지 못하고 설핏 고개를 다른 곳으로 향했다.

총관이지만 그 이전에 학사들을 대표하는 한울 아닌가.

그런 한울이니, 그가 학사들을 잘 다독여서 한 명이라도

데려왔어야 하지 않는가!

그게 책임자로서 책임감을 보여 주는 모습 아니겠는가.

평소 학사들이 요구하는 바는 다 들어줬던 운현으로서 괜히 서운한 심정이 드는 것도 이해는 갈 만한 일이었다.

"그럼 총관이 하는 건 어떤가?"

"커흠. 저야, 이미 삼류는 도달한 거 같습니다만은? 다른 필요로 하는 사람들을 위해서 양보를 해야지요."

삼류에 도달하였으니, 자신은 못 하겠다는 것인가.

대법을 시행한다는 명분은 어서 삼류로라도 끌어올리기 위해서라고 하지만, 이렇게 은근슬쩍 빠져나가려 들 줄이야!

"그래도 대법은 유용하네. 기혈의 순환을 대법으로 도와 주는 것만으로도 일류로 가는 지름길이 될 수도 있네!"

"대신에 절정에 이르기 위해서는 더한 힘을 들여야 한다고 들었습니다."

어이쿠. 저런 건 또 어디서 주워들었나.

이 부분은 여러 가지로 논의를 거쳐야 할 만한 일이긴 하지만, 그게 지금 중요하나?

"어허. 무에 평생을 바칠 것도 아니잖은가?"

"이왕 들인 길. 절정까지는 가 봐야지요. 근래에 욕심이 났습니다. 커흠……."

거짓말 하고는. 그로서도 역시 처음 대법을 하는 것에는 거리낌이 들 수밖에 없는 것인가?

이래서야 열심히 대법을 준비해 놓고서는 시행도 하지 못할 판이었다!

이런 상황에서 누구를 비난할 수도 없었다.

자기 몸을 자기가 챙기겠다는데 어떻게 욕을 하겠는가. 이 상황에서 비난을 해 봐야 운현만 손해였다.

'내가 할 수도 없고.'

마음 같아서는 자신이 대법을 받고 싶었지만, 시전자가 자신 아닌가.

담력으로는 어디 가서 꿀린다고 생각하지 않는 운현이지만, 자기 몸에 침을 퍽퍽 박아가면서 버틸 재간은 그도 없었다.

애시당초 고통이 심할 수 있는 대법인지라, 약재를 더하고 마혈까지 짚는 대법이었으니까.

하기는 그 고통이란 게 소문이 나서 거부감을 느끼는 쪽이 많을지도 몰랐다.

이래저래 답답한 상황이다. 속수무책이랄까.

근래 들어 운현이 변하기 시작하고 이런 경우가 없었는데, 생각지도 못한 곳에서 턱하고 막힐 줄이야!

"자네도 정말 생각 없는가?"

"남아일언중천금이라고 했습니다."

"내 자네가 꼭 절정까지 가도록 해 주지!"

"어떻게 말입니까?"

"다 수가 있네. 총관이 무의 길에 정식으로 들어선다고 하니, 그걸 도와주는 게 도리 아니겠는가. 구르다 보면 다 되네."

"저는 저대로 해 보겠습니다."

"아니네. 아냐. 이왕 하는 거 제대로 해야 한다고 말한 건 자네 아닌가?"

괜히 총관인 한울을 채근해 보지만.

"끄응……."

그로서도 학사들을 데리고 올 재주는 없는지, 앓는 소리만 낼 뿐이었다.

쿠웅— 쿵—

소문을 듣고 찾아왔는가. 익숙한 기가 집무실 바깥으로 느껴진다.

'전성은 의원이군.'

기에 민감한 운현이기에 착각이 있을 리 없다.

"들어오게."

역시나. 문을 열고 들어오는 전성은이다. 소문을 듣기라도 한 건지 그의 표정은 굳어 있었다.

하기는 운현만 하더라도 의원이나 학사들 중 나서는 지원자가 없다는 것에 꽤 욱하는 심정이지 않았던가.

머리로 사정이야 이해를 하지만, 감정으로는 어쩔 수 없는 부분이었다.

운현도 그러할진대 전성은 의원이라고 해서 다를까.

운현의 앞이라고 그도 최대한 표정 관리를 한 것으로 보이지만, 딱 거기까지였다. 느껴지는 기파, 분위기라고 하는 게 평소랑 달랐다.

얼마 전 운현이 대법을 시행하려 준비하는 걸 도울 때만 하더라도 밝기만 한 그였는데.

'심각하군.'

지금은 그와 정반대다.

한없이 음울한 분위기를 뿌리는 느낌이다. 외골수적 성향을 가진 그여서 더 그렇게 느껴질지도 몰랐다.

"······왔는가?"

"예. 이야기는 이미 들었습니다."

역시 그렇군. 의방이란 작은 사회에서 듣지 못할 리가.

이미 예상은 하고 있었지만 그의 입으로 직접 듣게 되니 운현의 마음도 더 무거워진다. 감정이 마치 전염이라도 되는 듯했다.

어중간한 위로는 안 하니만 못하지만, 이 상황에서 입만

닫고 있을 수는 없었다.

"너무 염려는 말게나. 어떻게든 찾으면 되지 않겠나."

"괜찮습니다."

"대법 준비도 차질이 없으니. 기다리다 보면 지원자는 나올 걸세. 처음 한 번이 어려운 거 아닌가. 효과만 있다면야 누구라도 몰려들겠지."

"그도 알고 있습니다."

그래. 알고 있겠지.

외골수적인 성향이 여기서 발동이 될 줄이야. 외골수적 성향은 때로 벽창호같이 말길을 못 알아듣게도 한다.

'지금처럼.'

전성은은 상심한 마음을 어찌 풀 줄을 모르는 거다.

그걸 달래줘야 하는 게 사람을 이끌 운현이 할 일인데, 역시 어렵다.

하지만 그럴 필요도 없는 듯했다.

무언가 결심이라도 한 듯 운현의 위로에 상관없이 전성은은 말을 이어갈 뿐이었다.

"어려울 건 예상하기는 했습니다. 대법 자체의 방식도 꽤 위험한 방식이라면 위험한 방식이지 않습니까."

"……내가 보증했잖은가. 괜찮네. 대법은 정말로 괜찮은 방식이야."

"예. 그래서 좋았습니다. 신의님이 인정해 주시고, 준비는 차근차근 되었으니까요."

"그런가."

"근래 가장 행복했습니다. 아니, 준비를 하는 내내 그랬지요. 처음 의방에 들어올 때만큼이나 좋았습니다."

"……."

그리도 좋았나.

하기는 외골수적인 전성은의 성격이라면야 그럴지도 모르겠다. 그 누구보다도 행복했겠지.

자신의 가문에서 이어지는 방식을 운현에게 인정받고, 그 과정 자체를 같이 준비한다는 것. 안 행복할 리가 없다.

"그래서 감사합니다."

솔직하기는.

감정 표현에 서투른 자라고만 생각했는데 진심으로 감사하다 말해 버린다.

미처 대법을 받을 자를 찾지도 못했는데, 감사하다고부터 말해버리다니. 이래서야 빚을 지는 느낌이지 않은가.

전성은. 그의 굳었던 표정이, 무언가 다른 빛으로 물든다. 눈빛이 뜨거워졌달까.

"해서 한참 생각해 보았습니다만…… 역시 방법은 하나뿐이더군요."

"뭔가? 설마 포기한다거나……."

그가 고개를 가로로 휘휘 젓는다. 그건 아니라는 표시였다.

"그럴 리가요. 지금 안 되면 앞으로도 안 될 겁니다. 평생요. 제가 모르는 건 많아도 그 정도는 압니다."

"그렇다면?"

"제가 하지요. 그 대법. 어떻습니까? 저는 제 가문으로부터 전해지는 대법을 믿습니다!"

이런 수가 있었는가.

전성은의 눈빛은 굳건하기만 했다. 진정으로 자신의 가문에 이어지는 대법에 대한 믿음이 꽤 강해 보였다.

다른 이들이 받는 걸 거부한다면, 자신이라도 한다는 태도다.

뭐가 그를 그리도 처절하게 만들었을까.

외골수적인 성격, 그동안 해 보지 못한 대법 때문? 모른다.

어쨌든 중요한 것은 전성은이 선택을 내렸다는 거였다. 굳은 결심을 했다.

그리고 그가 한 굳은 결심을 무시를 할 만큼 못난 사람은 아닌 운현이었다.

"좋네. 내 최선을 다해서 해 보겠네."

"부탁드립니다!"

대법을 가장 처음 받는 이는 우습게도 대법을 처음 가져온 전성은이 하게 되었다.

'꽤 고되겠군.'

본래의 계획대로라면 운현이 대법을 시전하는 동안, 전성은이 옆에서 지켜보며 도와주어야 했다. 안전성을 더 높이기 위해서.

그런데 상황이 그리 되지 못하게 되었다. 운현 혼자서 하게 된 상황이다.

그렇다고 해서 뒤로 내뺄 생각은 전혀 없는 운현이었다.

'해내겠어.'

누구보다 잘해 낼 거라 결심을 할 뿐이었다.

나중에 두고 보라지. 대법의 효능이 나타나기만 하면 그때부터는 해 달라고 매달릴 자가 수두룩할 거다.

그때를 위해서라도 아주 제대로 할 결심을 하는 운현이었다.

* * *

이미 준비를 다 끝냈다고 생각했지만, 며칠을 두고 더 준비를 했다.

"순서는 아시지요?"

"물론. 이미 알지 않은가."

"좋습니다. 그럼 약재는?"

"이미 전부 배합이 된 지 오래네. 최상의 것이지."

"휴우. 그럼 곧이로군요."

"그렇지."

정확히는 점검이었다.

하나라도 실패하지 않도록, 아주 작은 미세한 실패라도 없도록 하기 위해서였다.

본래부터 실패가 있으면 안 되는 대법이었지만, 그걸 도와야 하는 전성은이 직접 대법을 받게 되었으니 더 만반의 준비를 해야 했다.

그리고 드디어 오늘이 대법을 시행하기 위한 당일.

때는 사시(9~11시).

어제부터 대법을 위해서 금식을 한 전성은이지만, 그의 눈빛은 굳건하기만 했다. 운현이 잘해 줄 거라고 믿는지 그를 바라보는 전성은의 눈빛에는 한 점의 흔들림조차 없었다.

되레 운현이 오랜만에 긴장이 다 될 정도였다.

"괜찮겠나?"

"예. 바로 해야 하지 않겠습니까. 지금 시간이 대법을 하기에 가장 좋습니다."

"그건 그렇지. 자, 마시게."

"……"

그의 목울대를 타고, 미리 준비한 약이 꿀꺽 꿀꺽 넘어간다.

금침변골의행대법에 포함된 약이다. 약한 혈을 강건하게 하여주고, 느껴지는 고통은 감쇄해 주는 효능을 가진 약이다.

혈을 보호해 주는 효과가 있으니 잘만 활용하면, 혈이 상한 자를 위한 내상약으로도 쓸 만한 약이었다. 문제는.

"크으……"

어마어마하게 쓰다는 것 정도.

잘도 참고 마시던 전성은. 하지만 그도 마지막 끝 맛까지는 어쩔 수 없었던 듯 잔뜩 일그러진 표정을 짓는다.

이제 약효가 녹아들기만 기다리면 됐다.

'반 각 정도.'

약효가 빠르게 돌게 만든 약이다. 더 시간이 걸리면 그게 이상했겠지.

"흐……"

빈속에 쓴 약을 먹어선지, 자신도 모르게 신음을 내뱉는 전성은이다. 아니면 약효가 돌기 시작했을 수도 있다.

"어떤가?"

"슬슬…… 기운이 타고 올라오는 느낌입니다?"

"음……."

운현이 집중하여 기운을 느낀다.

'된 거 같군.'

용솟음치는 정도라고 하기는 어렵지만, 그의 안에서 어지러이 움직이며 혈도 곳곳으로 약이 퍼져 나가는 것 정도는 충분히 느껴졌다.

고개를 끄덕였다.

다 됐다는 뜻이다.

"그럼…… 잘 부탁드립니다."

"물론."

대법을 받기 위해 눕는다. 그런 전성은의 몸에 운현의 손이 닿는다.

혈을 향해서다. 마혈이 짚이자 안 그래도 약효가 도는지 멍하니 있던 전성은의 눈이 감기기 시작한다.

"……."

"됐군."

잠들었다. 역시까지는 참 쉬웠다. 약을 먹이고 마혈을 짚는 것 따위 수백 번도 더 해 봤다.

'본선인가.'

지금까지는 예선이었다면, 이제는 본선.

운현이 크게 숨을 한 번 내뱉고서는, 전성은 의원의 상의를 벗기기 시작한다.

이상한 의미 따윈 없었다. 제대로 대법을 수행하기 위해서
하는 행위였을 뿐이다.

'시작은 중완과 황유혈.'

배꼽 위쪽에 있으면서 잘못 건드리면 위험해질 수 있는 혈
이었다.

하기야 혈 중에서 중요하지 않고, 위험하지 않은 혈이 어
딨으랴. 잘못되면 죽는 건 다 똑같았다.

'가장 먼저 중침.'

푸우욱—

대침보다는 짧지만 꽤 긴 중침이 두 개의 혈에 순식간에
박혀 든다.

'이어서 기문혈.'

다시 위로 올라와서 가슴의 아래쪽에 위치한 기문혈에 소
침을 박아 넣는다. 충문과 대거혈에도 거침없이 금침이 박혔
다.

여기까지 한 호흡이었다. 지금까지는 준비운동이나 다름
없었다.

'최대한 빠르게 해야 한다.'

한 번에 이어지듯 혈에 침을 박아 넣는 게 대법의 묘리 중
하나!

"후읍!"

마지막 긴 호흡이었다.

기를 끌어 올린다. 침에 기를 불어넣는다. 그리고.

흡사 무공을 시전하기라도 하듯 미친 듯이 혈에 쉼 없이 침을 박아 넣기 시작하는 운현이었다.

第十一章
희(希)와 망(望) 사이

"흐……."

정신이 없던 건가. 전성은은 눈은 떴지만 멍해 보였다.

그럴 법도 했다. 마취에서 깨어난 자는 정신이 멍하곤 하니까. 마혈이라고 하더라도 비슷한 증상을 보이니 정신이 멍할 거다.

잠시의 시간이 지나자. 그의 눈이 휙휙 돌다가 한 곳에 멈춰 선다. 눈이 멈춰 선 곳은 운현이었다.

"……되었습니까?"

운현이 고개를 끄덕인다. 웃는 낯이다.

긍정이다. 다행히도. 하기는 그가 별달리 통증을 느끼고 있지 않다는 것 자체가 나쁘진 않다는 증거였다.

알고 있을 거다. 머리로는.

그럼에도 전성은은 부족하다고 느끼는 듯했다.

"아! 잘된 거 맞습지요? 대법이…… 그러니까 나쁘지 않게……."

"맞네. 아주 잘 되었어. 생각 이상이었네."

"후. 정말로 된 것이로군요."

전성은은 몇 번이고 되물었다.

하기는 그에게는 평생 해 볼 수나 있을지 없을지 모를 게 대법이었다.

계속해서 전수되고 있고, 이론적으로도 분명 맞으며 실제로 쓰인 적도 있다고는 하지만 해 볼 수가 없었다.

첫째로는 환경이, 둘째로는 돈이라는 현실이 문제가 되었고, 셋째로는 그의 실력에 자신이 없었다.

마을에서는 이름 꽤나 날리는 의원이기는 했지만, 딱 거기까지랄까.

까딱 잘못하면 사람 하나를 보낼 수 있는 게 이 대법이었기에, 하려야 할 수가 없었다.

그래서 가슴에 담아 두고 살았다.

욕심을 내지를 않았다. 없는 것이려니 하고 살았다.

그나마 냈던 욕심이라고 해 봐야 이런 대법이 있다, 원리가 어떠하다 하면서 의명 의방 의원들에게 이야기한 거 정도다.

이론적으로라도 인정을 받고 싶어서 그랬을지도 몰랐다.

실행은 못 하더라도, 같은 의원들이 듣고 대단한 대법이구나 해 주면 그것으로 족하다고 생각했을지도 몰랐다.

어설퍼 보이고, 바보 같아 보일지라도 전성은으로서는 그 정도가 최선이었다.

그 이상을 바라는 건 역시나 욕심. 어쩌면 자신의 능력을 벗어난 과욕이 될 수 있었으니까.

그런데 희망을 봐 버렸다.

운현. 호기신의.

그가 자신의 대법을 배운다 말하고, 해 보겠다 말했다.

평생을 못 할 거 같았던, 구경조차 하기 힘들 것이라 여기던 그 대법을 실제로 할 수도 있을 거란 희망이 생겼다.

그래서 그 어느 때보다 열정적이었다. 기뻤다. 비법을 전함에도 그러했다.

"그렇게 좋은가?"

"아무렴."

전성은과 비슷한 성격, 외골수적 성향으로 의방 사람들과 교류가 없는 사람. 장인이라는 한춘석.

의외로 그는 전성은과는 친했다. 둘은 잔을 들이켰고, 전성은은 그에게 좋다는 걸 숨기지 않고 말했었다.

의방에서 생긴 진실 된 친우여서 더 속마음을 쉬이 드러냈을지도 몰랐다.

"거, 좋겠구만. 나도 뭐 살만은 하네만……."

"자네야 매일같이 사람 살리는 걸 만들고 있잖은가. 그럼 됐지. 많이 살리는 게야. 복 받을 거라고?"

"푸하하핫. 그게 그렇게 되나?"

"왜 아닌가?"

"지금이야 아이들 것이나 만들고 있잖은가. 애들 가르쳐야 한다고 해서."

의방 아이들을 위한 물건도 전부 한춘석의 손을 탔다. 꽤 많은 작업량인데도 그는 몸을 아끼지 않고 해 왔다.

해서 좋기만 한 줄 알았더니, 무언가 마음에 걸리는 바가 있긴 한 듯했다.

"그 아이들이 커서 다음 의방을 꾸려줄 걸세. 알잖은가?"

"뭐 그건 그렇지. 흐흐. 그래도 좋겠으이. 대법이라니. 거 내가 거기에 쓰이는 금침은 손수 만들어 주지."

"그래 주겠는가?"

"아무렴! 신의님에게 드린 침보다 더 좋은 걸로 하나 해 주지. 좀 기다려 보게나!"

"허허. 아주 좋군. 아주 좋아!"

장인인 한춘석이 대법에 필요한 금침을 만들어 줄 때까지만 해도!

약제가 모두 준비되고, 신의가 대법을 배우는 것이 빨라 금세 익혀갈 때까지만 해도!

'말년에 복에 겨워가는군.'

세상에서 가장 행복한 자가 자신이라 생각했다. 그때의 전성은은 그러했다.

그런데 막상 모든 게 준비가 되고 나서.

"거 힘들지 않겠는가?"

"아무래도 처음 하는 건……."

"자네를 못 믿는 건 아니네만. 크흠."

의원이고 학사고 할 거 없이 꺼려하는 기색을 보였다.

머리로 이해는 했다. 그럴 수 있지. 뭐든 처음이 무서운 법이니까.

겁도 날 거다.

대법을 하다가 잘못되면, 불구가 될 수도 있지 않은가. 이론적으로는 완벽하다고 하더라도 분명 그럴 수 있다.

그래도 내심 서운했다. 아니, 절망적이었다.

없던 희망을 품었다가 그 희망이 물거품처럼 사라진다고 하는 건 실망 정도가 아니라 좌절 그 자체였다.

그래서 결심하고 나선 거다.

"제가 하겠습니다!"

라고.

자신이 아니면 다른 누군가가 증명해 줄 수는 없을 거라 여기고 나선 거다.

자신이 보아야만 잘될 수 있음을 알면서도!

자신이 신의를 옆에서 돕지 않으면 위험할 수 있을 걸 알면서도 나섰다!

그리고 그 결과로.

'성공했다.'

신의가 보증했다. 성공했다고. 그가 직접 대법을 실행했다. 희망이 실현됐다. 영광인 거다.

"한번 원회공심법을 돌려 보게."

"알겠습니다."

멍하던 몸을 애써 일으켰다. 그러곤 처음에 어색하기만 하던 가부좌를 틀었다.

평생 의원 일을 하면서 얻은 거라고는 집중이라는 놈인지라, 금세 집중을 할 수는 있게 됐다.

그러곤 몸을 느낀다.

혈. 침을 찌를 때나 어디 있겠거니 하고 느끼는 혈. 어릴 적 부모에게 맞아가면서 자리를 외웠던 혈.

"네가 실수를 하면 환자는 죽는다!"

라고 말하던 그 혈을 몸으로 손수 느낀다.

그리고 알아 버렸다.

'아아······.'

전에는 좁은 혈 자리를 운용하는 기가 겨우겨우 지나가는 느낌이었다.

무공을 배운 지가 얼마 되지가 않아서, 기 자체가 많지도 않은데 그랬다. 아주 애써서 끙끙대면서, 움직였달까.

그런데 지금은 뭔가.

'남는다. 남아.'

대법대로 되었다!

혈 자리를 아등바등 기가 뚫고 지나가야 하는데!

지금은 그보다 몇 배는 더 순조로웠다. 막힌 혈이 다 뚫린 거 같았다. 전에 없이 빠르게 기가 도는 느낌이다.

대법을 받았을 뿐인데!

진짜 성공해 버린 건가?

이런 단계까지 오려면 몇 달, 잘하면 몇 년은 걸릴 거라 여겼는데 돼 버린 건가.

무공에 욕심이 있지는 않았지만 내심 다른 의원들만큼은 해내고 싶다고 생각하고 있었는데, 그 이상이 돼 버린 느낌이다.

환희에 가득 찬 가운데에서도 잊어서는 안 될 게 생각났다.

이걸 어서 전해야 했다.

희망을 줬고, 그걸 실현해 준 자가 기다리고 있지 않겠는가. 자신보다도 더 열심히였던 그에게 이걸 전해 주지 않고서는 못 배길 거 같았다.

너무 환희에 가득 차 있어서 지금 돌리고 있는 원회공심법에 탈이라도 날 거 같았다.

안정적인 심법이라고는 들었지만, 이렇게 격동적으로 환희를 느껴서야 탈이 날 수도 있었으니까.

내심 과장이라고 생각하면서도, 원회공심법을 급히 마무리하는 전성은이었다.

"후아……."

숨을 한번 내뱉는다.

눈앞에는 역시 운현이 그를 기다리고 있었다.

기감이 발달했다 들은 신의다. 그 신의가 자신이 한 바를 느끼지 못할 리가 없다. 그래도 기대를 하는 눈빛이다.

예상을 하는 것과 직접적으로 듣는 것은 달라도 너무 다르니까.

"성공했습니다. 아주 크게 되었습니다. 혈이 팍하고 뚫린 느낌일 정도였습니다!"

어린아이라도 된 듯 말했다.

그 옛날, 처음 침을 꽂아서 성공했던 그날처럼. 그때의 감동을 얻었던 것처럼 말을 하는 전성은이었다.

"오오······."

신의가 그런 전성은을 보고 맞장구를 쳐준다.

"다행이로군. 이것으로 몇 배는 빨라지겠어. 몇 배는."

"그럴 거 같습니다! 이걸로 과정이 몇 배는 단축된 느낌입니다."

"좋군!"

삼류에서 일류까지.

무공이라고 하는 게 깊이가 어마어마하겠지만, 운기행공만 두고 보면 단순하게도 표현할 수 있다.

하수일수록 혈을 넓히고, 뚫는 게 중요했다.

자신이 원하는 무공을 펼치기 위해서라도 그 과정은 필수였다.

혈이 뚫려야만 무공의 뜻은 몰라도, 육체로서 펼치기라도 할 수 있으니까. 끊이지 않고 펼치기 위해서는 혈이라도 뚫려야 했다.

그런데 그 과정이 몇 배는 단축됐다.

중년이 되어서까지 무공하고는 연이 없어서 익히지도 못했던 전성은이 아닌가.

그래서 운현의 명으로 원회공심법을 처음 익힐 때까지만 하더라도 귀찮기만 했다. 왜 그런 일을 해야 하는가 했다.

그래도 이게 묘하게 중독성이 있어서 하면 할수록, 건강해지는 느낌에 좋기는 했다만 딱 거기까지였다.

언제부터인가 턱하고 막혔달까.

절정도 아니고, 일류도 아니고 삼류에서부터 턱하니 막힌 느낌이었다.

다른 의원들도 몇 그랬다.

나이를 먹어서 혈이 막힌 덕분이었다. 혈이 막혀 있으니 뭘 하려 해도 할 수가 있어야지.

조금이라도 젊은 의원, 학사들은 잘도 몸을 놀려서 삼류까지는 갔다.

훨훨 날지는 못해도 전보다는 훨씬 날렵해졌다. 보기도 좋았다.

자신들도 그리하고 싶었지만 나이가 문제고, 나이를 먹는 동안 막힌 혈이 문제였다.

그런데 이제는 되레, 그보다 몇 배는 더 뚫린 거 같았다.

"이거 의원들이 보면 난리가 나겠습니다. 아주 난리가 나겠어요."

"그렇게 좋은가?"

"예. 안 좋을 수가 있겠습니까. 편법이라도 쓴 느낌입니다. 지금은……."

동료 의원들도 이걸 받으면 몇 배는 빨라지겠지. 삼류까지는 금방. 어쩌면 이류도 바라볼 수도 있겠다 싶었다.

물론 그만큼 심법을 떠나 무공도 뒷받침되어야 하겠지만.

그 정도야 운현이 어떻게든 해 줄 수 있을 거라는 건 이미 예상하고 있는 전성은이다.

하지만 이내 그의 표정이 잠시 굳어진다.

대법이 성공한 것도 좋고, 희망이 실현된 것도 좋다. 강해진 것도 좋다. 다 좋은데, 괜스레 슬퍼지는 이유는.

"상심이 컸는가?"

"……아닙니다."

"괜찮네. 괜찮아. 알잖은가. 사람이니 그럴 수 있다는 것."

대법의 시행 전에 감정이 상했었기 때문이었으리라. 그런 그에게 운현이 다가간다. 그러곤 아무런 말도 않고 토닥여 준다.

"……고생했네."

"아."

고생했다는 그 말이 그 어느 말보다도 전성은에게 위로가 되어 버렸다. 우습게도.

그렇게 대법은 처음 성공했다. 한 사람의 한을 풀면서.

　　　　　*　　　*　　　*

　결과가 좋았다. 운현의 짧은 위로로 의방에 가졌던 실망
이 풀려 버렸다.
　그래서인가.
　운현이 마련해 준 연회의 분위기는 꽤나 좋았다.
　"축하허이. 내 미안하기도 하고."
　"됐네."
　"크흠…… 이쪽도 미안하이."
　"괜찮네. 진짜일세."
　아이들은 싸우면서 큰다던가. 반대로 중년들은 위로로 성
장하고, 서로 친해지고 하는 것일지도 몰랐다.
　지금 전성은 의원에게 축하를 나누고, 미안함을 표하는
그들의 모습이 딱 그랬으니까.
　'좋네.'
　작게 남은 서운함마저도 풀어져 가는 전성은 의원의 배포
가 좋았고.
　얄궂은 자존심 하나 세우지 않고, 인정을 하는 의방 의원
들의 모습도 좋았다.
　그리고 그제야 반신반의하던 의원들이.
　"괜찮은 대법이라고 하면……."

"우리는 대법까지는 아니어도, 나름 또 있긴 한데 이게 검증이 덜 됐어."

꽁꽁 싸매고 담아뒀던 것들을 풀기 시작했다. 이제 축하연에서 운만 띄운 거지만 나중에 가면 꽤 성과가 될지도 몰랐다.

의명총의서에 쓰이는 비법이나 치료법과는 다르게 딱히 검증됐다고는 하기 힘든 것들.

그도 아니면 대법 자체가 실행된 지 너무도 오래돼서, 과연 이게 맞는지 확실히 할 수 없는 그런 것들이 주로 나왔다.

그들 나름으로서는 그 비법, 대법들을 전성은 의원처럼 펼쳐보지 못한 게 한일 수도 있었다.

어쩌면 희망이라고 한 걸 수도 있고.

그도 아니면 욕심이 좀 났겠지. 자신들이 가진 것이 과연 제대로 된 것인가에 대한 욕심.

어느 쪽이든 운현으로서는 상관은 없었다.

'꽤 괜찮은 것도 있군.'

얼개만 들어 봐도 꽤 좋은 것들도 있고, 아닌 것들도 분명 있긴 했다. 하지만 잘만 갖다 쓰면 그것만큼 좋아 보이는 것도 없는 터.

잘 조합해서 쓰고, 아니면 아닌 대로 좋은 부분들만 가져다 써도 그거대로 좋았다.

하지만 그 이전에.

"슬슬…… 다음 대법을 할 자가 필요한데 누구 있는가?"

"지원자가 이미 몰려 있긴 합니다."

답은 의외로 우진이 냈다.

총관 한울은 그래도 제법 양심은 있어서 그런지, 먼저 하겠다고 하거나 학사를 추천하지는 않았다.

그도 처음 대법을 할 때의 목표를 잘 기억하고 있는 것이다.

지금 진도를 잘 따라가지 못하던 의원들을 위해서 마련하고, 시행한 대법이었으니 일단은 학사로서 두고 보는 게다.

"그래. 몇 명이나 되는가?"

"넷입니다."

"넷?"

의외로 수는 많지 않았다.

'몰릴 줄 알았는데.'

이유가 뭘까.

"전성은 의원의 효과는 충분히 봤지 않은가? 그런데도 조심하는가."

"조심도 있겠지만, 다들 우선은 본인들이 해 보려고 하는 분위기인지라……."

자신이 스스로 하려고 하는 분위기라. 삼류까지는 어떻게든 악과 깡으로 해 보겠다는 심산일까.

자존심 때문일 수도 있고, 그도 아니면 고집일 수도 있다.

운현 의방에 있는 의원들은 명의 소리는 아직 못 들었어도, 다들 출중한 실력은 가진 의원인 터.

그런 자들이 근성이라고 하는 게 없을 리가 없다. 근성이 있으니 지금의 경지까지는 갔을 거다.

무공이나 의술이나 근성 없이는 올라갈 수 없다.

그러니 또 과한 근성을 부리는가 보다. 자신들이 먼저 해 보겠다고.

'좋아할 수도 슬퍼할 수도 없군⋯⋯.'

운현의 아래에 있는 자들이 자기 힘으로 해 보겠다는데 나쁜 일은 아니잖은가. 좋은 일이다.

막상 대법을 시행하고 나면 그 뒤로 일사천리일 줄 알았는데 그건 아닌가 보다.

그래도 대법을 거절하는 이유가 대법의 위험도 때문이 아니라, 자신이 직접 해 보겠다는 것이니 못 들어줄 이야기는 아니다.

문제는 시간.

"그래도 다음 달까지 못 올라서는 자는 대법 대상자라고 하게나."

"그리 말은 하도록 하겠습니다. 아, 그리고 안 그래도 봐주실 게 있습니다만은……."

우진이 미리 준비해 왔던 종이 더미를 꺼내어들었다.

서책으로 만들어도 꽤 두꺼울 양이다. 만든 지도 얼마 되지 않았는지, 먹 냄새가 아주 진했다.

축하연에 이런 걸 꺼내서 미안했는지, 표정이 좋지는 않았다.

"뭔가?"

"자신들의 대법도 직접 시험을 해 보겠다고 합니다. 우선은 말렸습니다만은……."

"어이쿠. 그래도 시일이 좀 지나서 꺼내 들 줄 알았네만?"

"아시잖습니까? 의원들 성격을요."

축하연에 자신들에게도 비법이 있다고 꺼내어든 게, 지금을 위한 밑밥이었던가.

이제 막 운을 띄우는가 했더니, 대법이 성공했다는 소식을 듣자마자 작성하기 시작했나 보다.

그렇지 않았더라면 이 먹 냄새 나는 종이꾸러미가 운현의 손에 들려져 있을 리가 없었다.

대법도 의술의 일종 아닌가.

그걸 운현이 성공을 시켰다고 하니 신이 난 거겠지.

자신들이 가진 작은 비법부터 큰 준비가 필요한 대법에 이르기까지 당장 써보고 싶은 마음일 게다.

운현의 무공 수위가 높음을 알면서도 의명총의서 좀 봐달라고 달려들던 의원들 아닌가.

그 성격이 어디로 갔나 했더니, 이제는 의술에 대한 집착으로 가 있는 듯했다.

'어쩐지 요즘 조용하다 했지.'

우선은 금침변골의행대법을 시행해서 의원이고 학사고 할거 없이 삼류로 만들고, 그다음에나 다른 걸 생각해 보려던 운현 아니었던가.

이제 막 대법 하나 성공해서 한 걸음을 걷기 시작한 셈인데, 너도 나도 할 것 없이 비법이랍시고 가져오다니.

괜히 골이 다 아파지는 운현이었다.

"조건을 걸게나."

"조건이라니요?"

"그냥 선후를 결정할 수도 없지 않나."

"그렇다면……."

운현이 단호히 말한다.

"대법 받는 자 순서대로, 봐준다고 전하게. 어중간하게 준비해 오지 말고, 제대로 작성해 오라고 하고."

"아. 그것도 방법이겠군요."

"휴우. 방법은 무슨 방법인가. 머리가 다 아프군."

"힘내시지요."

"……휴."

대법을 운현 좋으라고 하는 건가. 궁극적으로는 대법을 받는 자가 좋으라고 하는 게 대법이다.

어쨌거나 기혈을 강화해 주고, 운기를 도와줌으로써 강해지는 건 대법을 시전 받은 자니까.

이 대법이라는 걸 처음에야 안전도 때문에 걱정해서 거부했다 쳐도, 이제는 자신들의 방식을 쓰겠다고 하는 건 또 너무하지 않은가.

'그 심정이야 이해 못 할 바는 아닌데…….'

좋은 걸 시켜준다고 해도, 어째 사정사정해 가면서 해 주는 느낌이라 골이 띵한 운현이었다.

게다가 이 종이 덩어리는 또 뭔가.

대법이고 비법이고를 떠나서 제대로 전달을 하려면 체계적으로 정리를 해야만 했다.

괴발개발로 작성을 해서는 잘못 대법이 시행된다.

대법이 잘못된 결과?

대법을 받는 자가 훅 가게 되는 거다.

대법이 괜히 대법도 아니고, 성공하면 득이 크지만 실패하면 그 이상의 손해가 있는 건 당연한 이야기다.

그런데도 대법 하나 성공했다고 흥분해 가지고는 이렇게

꾸러미째 종이를 가져오다니!

교수가 과제라고 내줬더니, 어디서 베껴 온 삼류 쓰레기 보고서를 본 느낌이 이러할까.

'……전생의 교수 심정을 다 알겠네.'

하여간에 이 의방의 의원들은 의술에 관련해서는 반쯤은 미친 자들이나 다름없었다.

그가 이런 분위기를 만들기도 했고, 그 자신도 그러긴 했는데 이번 건 좀 너무했다.

"당장 다 다시 돌려보내게나."

"휴우. 알겠습니다. 내일 하지요."

"그러게나. 우선은 축하연도 즐기는 게 좋겠지. 어휴, 먼저 들어가겠네."

처음 축하연을 벌일 때만 하더라도 분위기가 좋았다.

지금도 즐기고 있는 대다수 의원들의 분위기는 살벌하기는커녕, 달콤쌉싸래할 정도였다.

하지만 막상 연회를 열었다 할 수 있는 운현은 즐기려야 즐길 수가 없으니.

'가서 보고서나 더 작성해야겠군. 내가 뭔 축하연인가. 에고고……'

아무래도 그의 운명은 쉬기보다는 좀 더 달려야 하는 것에 추가 기울어 있는 듯했다.

　　　　*　　　*　　　*

　운현이 조건을 거니 당장 대법을 받아 보겠다고 하는 자
의 숫자도 꽤 됐다.

　역시 조건이 있으니 잘되었다.

　우습게도 자신의 비법 때문에 지원을 한 자 중에는, 실력
이 삼류에 도달한 지 오래인 자도 있었다.

　그 실력 때문에 대법을 받는 우선순위에서 한참은 밀린
터.

　덕분에 대법을 받으면, 그들이 가진 비법을 운현이 따로
봐주겠다는 조건에 만족지 못해 울상인 자도 있는 웃지 못
할 일도 벌어졌을 정도다.

　그래도 조건이든 뭐든 차근차근 진행은 돼 갔다.

　해서 전성은 의원과 함께 바로 대법을 시행할 수 있게 된
운현이었다.

　"오늘 것도 준비됐습니다."

　"좋은 금침이로군?"

　"한춘석 그 친구가 만들어 줬습니다."

　"그 사람이? 의외로군."

잔뜩 빛나는 금침이라니.

운현이 가진 것도 한춘석이 꽤 공들여 만든 것이긴 한데, 저건 탐이 날 정도였다.

"좋은 친우입니다."

"친우라…… 의외로군. 자자, 그럼 슬슬 시행을 해 보지."

"예. 자아, 이걸 쭉 들이켜게나."

약을 먹이기 시작하고.

"크읍……."

다 먹은 자를 마혈을 짚어 대법을 시행한다.

처음 대법을 시행할 때와 차이가 있다면 운현을 보조해 줄 전성은이 있다는 것. 또한 이미 성공을 해 보았기에 대법에 대한 믿음이 있다는 게 달랐다.

마혈을 짚은 운현도. 그와 함께 침을 놓기 시작하는 전성은의 표정도 좋기만 했다.

"바로 다음으로 가지."

그렇게 하나둘씩. 의방은 더 앞으로 나아갔다. 어마어마한 큰일을 준비하고 있다는 듯이.

또한 실제로.

"어서 방법을 찾아!"

"치료법은!?"

"차도가 없습니다⋯⋯."

저 북쪽에서부터 일어나고 있는 횡액이 아래를 향해 점차, 남하하고 있었다.

第十二章
쓸데없는 아집

'길이 멀기만 하구나.'

그에게로 가는 길.

그녀로서는 그녀의 어미를 위한, 또한 그녀가 가져서는 안
될 작은 마음을 채우고자 가는 길이었다.

아직은 작은 마음.

아니, 계속 커지려고 했던 마음일지도 모르기에 그에게로
발걸음을 내딛지 않았을지도 모른다.

몇 번이고 망설이고, 갈 수 있음에도 막고.

이런저런 핑계를 가져가며 그렇게 있었다.

어미의 일로 상심이 큰 것도 문제였으리라.

'안 어울리는 일이지.'

마음을 죽여라. 행복을 죽여라. 마음 또한 부덕의 소치가 될 수 있음이니.

그러하기에 그녀는 꽤 오래 멈춰 있었다.

그러다가 다시 한 걸음. 내디뎠다.

희망이라는 것을 가지고.

부모라 말하는 자 중, 어미에 대한 마음이 지독하게 그녀를 갉아먹어 가는 걸 버티기 위해서라도 발길을 디뎠다.

호북을 향해서.

처음 발길을 내디딜 때까지만 하더라도 금방 갈 줄만 알았다.

그녀에게는 집이지만, 중원에서는 중심이 되는 곳 황실.

그곳의 일만 해결하면 갈 수 있을 거라고만 여겼으니까.

가문의 부덕. 나라를 일으키며 가졌던 부덕.

정사를 잘못 운영하여 나왔던 부덕들.

그러한 여러 부덕(不德)들로 말미암아서 자신의 어미가 아프고, 나라에 여러 분란이 일어난다고 하더라도 그 정도 욕심은 부려도 될 것이라 여겼으니까.

그런데 그게 아니었나 보다.

그녀가 부덕이라고 생각했던 것.

황실이 중원이라 하는 거대한 땅을 운영하면서 나오는 일종의 업.

그 업이라고 하는 것은 그녀의 생각보다도 더욱 컸던 것이었나 보다.

하기야 태풍이 몰아쳐도 황실의 탓이며, 가뭄이 들어도 황실의 탓이다.

그게 책임을 지는 자의 숙명이다.

그런 상황에서 그에게로 가서, 마음의 위안이라도 얻어 보려 욕심을 내려던 것 자체가.

'부덕이었을지도 모르지. 내 욕심을 부릴 때가 아니니까.'

모든 것이 그녀의 잘못이었을지도 모른다.

부정적인 마음을 먹지 않아 보려고 해도, 지금의 상황이 그러했다.

호북까지 금방 도달할 것만 같았던 그녀의 발걸음은 하북성의 끄트머리에서 멈춰 선 지 오래다.

정확히는 하북과 하남의 경계.

그곳에 발길이 묶여 버렸다.

"병은 어떻다고 하더냐."

"아직 원인도 밝히지 못했다고 합니다."

"보통 역병이 아니라 듣기는 했네. 그래도 너무 늦지 않는가? 벌써 몇 달이 되었다는데."

"……송구합니다."

"자네가 송구할 게 뭔가. 문제로군."

벌써 몇 달.

역병이라는 것에 그녀의 발이 묶여 있다.

북에서부터 시작된 역병이라 하는 것이 산서를 지나 하남에 깃들었다던가.

꽤 지독하다고 했다.

칠공에서 피를 토하기도 하고, 불구가 되기도 하고, 열병에 걸리기도 한다는 소식이 들려온다.

아니, 소식 정도가 아니다.

역병의 가운데에서 얻어진 정보다.

아주 확실한 정보.

아무리 역병이 돈다고 하더라도 그녀 정도의 지위에 있다면, 남들처럼 소문 정도가 아니라 확실한 정보를 들을 수 있으니까.

그러니 정보를 안다.

혹자들은 역병이 그나마 하북을 피해, 수도인 북경은 비껴가기에 그마저도 천운이라고 한다 했다.

황실에 있는 아첨하기 좋은 자들은 그걸 가지고 황제의 치세 덕분이라고 아첨을 떤다던가.

현 황제이자 그녀의 아비가 그리 무능력한 자는 아닌지라, 그런 자들을 알아서 걸러내기는 할 게다.

문제는 그런 아첨꾼들의 가문이라고 하는 것이 문제인지라 시간이 꽤 걸린다는 것이다.

홀로 고귀하다 말하는 황실이지만, 권문세가들을 신경 쓰지 않을 수는 없으니 어쩔 수 없는 일이다.

'약간의 시간 정도야 어쩔 수 없겠지.'

그 사이에 아첨꾼들은 세상 무서운 줄 모르고 설치고 다닐 게다.

그 또한 그녀가 보기에는 부덕의 소치였다.

너무 병적이지 않느냐 말을 하는 자도 있겠지만, 그게 그녀에게는 진심이다.

중원을 다스린다 하는 자는 적어도 그런 책임감 정도는 가지고 있어야 한다 생각했다.

'문제로구나. 문제야.'

난세가 오게 되면 아첨꾼이 들끓고 그 가운데 영웅이 나온다고 하는데, 당장에 그런 자가 나오지 않는 게 아쉽기만 하다.

'아니 어쩌면……'

그녀의 머리로 운현의 모습이 스쳐 지나간다.

황실, 무림, 중원 전부가 복잡한 상황이다.

그런 상황에서 이 복잡한 전부를 막아 낼 영웅이라고 하는 자가 운현일 리가 없잖은가.

그가 신의이며 동시에 무림인으로서도 대단한 경지에 이른 자라고 하지만, 그뿐이다.

의술로 치면 그보다 나은 자는 분명히 황궁이나 중원 어딘가에 있을 게다.

몇 번의 기행을 보이고, 탁월한 치료 실력을 보인 게 대단하지만 아직은 그보다 나은 자가 있을 듯했다.

화타의 화신이라 할 만큼 의술의 일인자는 아니니까.

무력도 그러했다.

그가 초절정의 경지에 들어섰다는 것은 이미 오래전에 알고 있었다.

동창에서 가져다주는 정보로 잘 알고 있다.

그나마 그가 숨기고 있는 무언가가 있을지도 모르지만, 다른 누구보다도 잘 알고 있다고 자부한다.

무공의 경우 특히 그의 경지는 아직이다.

분명 대단하지만 그보다 대단한 경지에 있는 자들이 있기에 아직인 게다.

최고는 아니다.

지금의 속도대로 성장을 한다면 언제고 최고가 될 자라는 생각이 들긴 하지만.

'수년은 더 걸리겠지.'

난세는 지금인데, 앞으로 그가 성장을 하는 데는 수년.

생각지도 못한 기연이나 깨달음이 있지 않고서야 지금 당장에 난세를 그가 해결하는 건 아무리 보더라도 요원한 일이다.

그러니 그가 지금의 난세를 해결할 영웅은 아닐 거다.

그럼에도 내심.

'그라면 좋을지도…….'

라는 생각을 자신도 모르게 해 버리는 주아민이었다.

'여기까지. 여기까지만 하자.'

그가 지금 없는 게 아쉽고, 그에게로 가 보지 못하는 게 아쉽지만 어찌하겠는가.

당장에 막힌 발길을 여는 게 중요했다.

"절도사는?"

"아무래도 애써 노력은 하고 있지만, 하남과 공조를 하기에는 손이 달리는 듯합니다."

"공조를 하기는커녕 하북에 역병이 오지 못하게 막느라 여념이 없겠지."

"그러합니다."

호북성에서 그러했듯이, 하북의 절도사를 다그쳐 봤지만 아무래도 그 정도로는 안 되는 듯했다.

그로서는 자신이 맡은 하북성을 보호하는 것이 최선이자 최고의 수겠지.

그의 입장을 이해하지 못할 바도 아니다.

그녀의 말대로 하남을 돕겠다고 나섰다가 일이 잘못되어 역병이라도 하북에 돌게 된다면.

그때는 아무리 권문세족 출신의 절도사라고 할지라도 목이 달아날지도 모를 일이다.

그걸 그녀도 안다. 알고 이해한다.

그래도 내심이라고 하는 게 있는지라 그 모든 걸 알면서도 짜증이 비어져 나오는 건 어쩔 수 없었다.

"그럼 의원들은 어떤가?"

"의선문 의원들 중 삼분지 일을 동원했습니다만은 성과가 없습니다."

"그들이 그런다라."

그 대단하다던 의선문 아닌가.

그녀가 이름을 아는 의선문. 황실에서도 이름을 알며, 황실에서 황의로 있는 자 중에는 의선문 출신도 다수 있을 정도다.

그런 의선문을 동원했다.

절도사를 동원해도 그는 미적미적하기만 할 뿐 성과가 나오지 않으니, 의선문이라도 부른 게다.

그게 그녀로서는 당장 최선의 조치였다.

그녀는 멍청하지 않았으니까. 그녀가 조금만 더 멍청했더라면, 기도나 올리고 앉아 있었을 거다.

어서 이 역병이 물러나 달라고. 어서 다 없애달라고 했겠지.

어미의 병을 없애고자 공양도 올리고, 멀리 무당까지 와서 빌기도 하는 그녀지만, 그녀도 역병에는 의원이 최고임을 알았다. 그렇기에 그들을 불렀건만.

그게 벌써 몇 달째인데도 효과가 없단다.

"확실히 무린가?"

"당장은 그렇습니다. 열심히기는 하지만 앞으로도 성과를 낸다고 할 수 있을는지 모르겠습니다. 의원들 중에 죽은 자들도 있습니다."

"흐음⋯⋯."

의선문이 이래서야 실망뿐이다.

"신의가 얼마 전에 손수 하오문을 통해서 보내왔다는 치료법은?"

"도착은 했습니다."

토사곽란을 치료하면서 얻은 경험. 그걸 조사하라 명해놨더니, 운현이 직접 정리를 해서 보내주었다 했다.

그걸 들은 게 얼마 전이다. 덕분에 한시름 놓을 수 있을 거라 여겼다.

아주 작게라도 도움을 받게 된다면 그건 그것대로 역병을 막을 수 있는 일이 될 테니까.

그런데 어째 영철의 표정이 그리 좋지를 못했다.

약간 꺼리는 기색이 느껴진다. 그로서도 올리기 어려운 보고를 올릴 때면 하는 표정이다.

'또 뭐가 문제인가.'

역병은 창궐하고, 원인도 모르는 상태다.

그걸 치료해야 하는 의원들은 치료는커녕 원인도 모른다 한다. 아니면 대중적인 치료라도 해내야 하는데 그도 못한다.

도무지 막을 줄을 모른다.

그래서 운현으로부터 도움을 손수 받아, 이곳 의원들에게 보탬이라도 되어 줄까 했다.

여기에 문제가 있는가?

아니, 그 이전에 문제가 될 것이라도 있는가?

없다. 선의로 일을 행했고, 자신의 부덕의 소치라 생각하여 황녀로서 최선을 다했다.

그런데도 영철이 저런 표정이라니.

오만방자하지도 않고, 황녀치고는 아랫사람을 잘 다스릴 줄 아는 그녀로서도 답답함을 넘어 역정이 치밀어 나오려 할 정도다.

"문제가 있는가."

"그것이……."

"그대는 알고 있는 것을 소상히 말하도록 하라. 영철."

"의원들이 문제이옵니다."

"의원들이? 설마 그때의 그 일인가?"

"……그렇습니다."

"무슨 그런 사람들이 있단 말인가! 내 분명 명을 내렸을 터인데!"

"……죄송합니다. 최대한 노력을 하였으나, 그들로서는 지금의 것을 받아들이는 게 그들의 평생을 버리는 거라 여기는 듯합니다."

"하아. 쓸데없는 아집 같으니라고."

상황이 이러한데도 그들이 이리도 뻗대고 있는 건 미쳐서 가 아니다.

아니, 미쳐서 그럴지도 모른다. 그들이 평생을 바친 의술 이라는 것에 미쳐 있는 거다.

의술이라는 것, 그것에 기대어서 지금의 명성과 실력을 얻은 그들이지 않은가.

그것이 그들에게는 황녀의 명을 거절하게도 만드는 상황 이 되어 버린 듯했다. 우습게도.

'이 상황에…… 후우.'

황녀의 시름이 깊어진다.

　　　　*　　　*　　　*

　시일이 흘렀다.

　그쯤 되면 자존심을 죽일 줄 알았다. 그런데도 죽이지 않는다.

　이쯤 되면 아집이었다.

　당장 의원들이 부족하여 살려는 두고 있지만, 목숨을 걸고서라도 보이는 저 아집이라는 건 참으로 대단하다 할 정도다.

　"성과는?"

　"없습니다. 죄송합니다."

　그렇다고 성과가 있는 것도 아니다.

　자신들의 방식이 안 되면 다른 방식이라도 가져와서 써야 하는 것 아닌가.

　정히 운현의 방안이 싫다고 한다면, 그 외 다른 곳의 방안이라도 가져다 써야 할 일이다.

　그런데도 한사코 자신들의 방식만 고수한다.

　할 줄 아는 것이 그것뿐이라고 하기에는, 황녀가 도움이 되라고 가져다준 것들이 꽤 많은 터.

　그런 건 핑계도 되지 않는다.

그저 자신들의 아집으로 지금 상황을 악화시키고 있을 뿐이다.

　자신들의 방식으로 어떻게든 해결하고 싶은 거다. 평생을 쌓아 온 의술이라고 하는 것이 무용(無用)하다는 걸 인정하기 싫겠지.

　때로 그러한 고집이 잘 발동한다면 최상의 결과를 만들어 내곤 했다.

　누구도 인정치 않는 방법을 사용하여 전혀 생각지도 못한 무언가를 만들어 내기도 하는 게 때로 아집이라는 물건이니까.

　하지만 지금은 아니었다.

　환자가 생긴다. 새로운 환자의 병이 중병으로 변한다. 그러곤 죽어 버린다.

　장인이 자신의 방식을 고집하여 가히 작품을 만드는 건 괜찮다지만, 의원이기에 그래서는 안 됐다.

　사람이 죽어 나가는데 자신들의 방식만 고집해서야 그게 의원이 할 짓인가.

　'의원의 천명(天命)은 환자의 치료에 있다.'

　라는 단순한 말조차 자신의 아집으로 가득 채워서야 그들은 의원이라고 할 수가 없다.

　하나, 당장 그들만큼 의술이라고 하는 걸 가진 자가 없으니 그들을 전부 내칠 수도 없다.

그들도 그것을 알기에, 저리 목숨을 걸고서 자신들의 방식만 고집하는 항명 아닌 항명을 해내고 있을는지도 몰랐다.

일종의 목숨을 건 줄다리기인 셈이다.

자신들의 아집이 이겨내느냐. 아니면 결국 황녀, 절도사에 의해서 목이 달아나느냐 하는 미친 줄다리기.

말도 안 되는 짓 같지만, 본디 사람이라는 존재 자체가 때로 말도 안 되는 짓에 목숨을 쉬이 걸곤 하지 않은가.

이해 못 할 것도 아니다.

자신들이 평생 갈고 닦은 의술로 결국 치료만 해낸다면, 그들이 지금까지 보인 과라고 하는 것도 전부 상쇄될 테니까.

그러니 그들 나름으로서는 승산이 있어 보일 수도 있겠지.

결국 병을 치료하고 살아남느냐, 병을 치료 못 하더라도 자신들의 의술을 지키고 죽느냐.

이곳 의원들, 특히 이들을 이끌고 있는 의선문 나름의 입장에서는 꽤나 장렬한 싸움일 터다. 자신들만의 장렬한 싸움.

하지만 그걸 보고 있어야 하는 자들.

황녀를 포함하여, 하남을 이끄는 자들에, 더불어 하북에서 불안에 덜덜 떨고 있는 자들 모두가 보기엔 미친 짓이다.

저건 기행도 아니었다, 단순히 미친 짓일 뿐이다.

'어쩔 수 없는가.'

권위로 찍어 누르기보다는, 그들이 알아서 움직이게 하는 게 황녀 주아민의 방식.

설사 자신이 급하여 움직이게 한다 하더라도, 그들에게 자율을 주는 게 그녀의 방식이었다.

상벌 하나만큼은 명확히 하는 그녀다.

의술이 전문가의 영역임을 알기에 나서지 않고 참아 왔으나 이제는 그마저도 끝에 도달했다.

"그들을 데려오게나."

"알겠사옵니다."

어지간해서는 용안을 내보일 리 없는 황녀지만 이 순간만큼은 그런 것 따위 거리낄 것도 없었다.

영철도 어지간해선 주아민을 보이는 것에 반대하겠으나, 그가 보기에도 지금의 상황은 마음에 들지 않았던 듯하다.

즉답이 나왔다.

그는 기다리기라도 했다는 듯, 의원들을 데리고 왔다.

"전부 서른여덟입니다. 멀리 떨어진 자들은 데려오지 못하였습니다."

"고생하였다. 모두 고개를 들라."

몇몇은 처음 보는 황녀의 모습에 감탄을 표했다. 지금의 심각한 상황을 잊을 만큼 그녀의 외모가 출중하기는 했다.

또 다른 몇은 이미 반쯤 목숨을 내놓은 듯 담담해 보였고, 어떤 자들은 좌불안석인 듯 몸을 떨고 있었다.

그중에서 주아민의 시야에 걸리는 자들은 담담해 보이는 자들이었다.

第十三章
사투라는 것

'저들인가.'

의선문의 의원들이 주도를 하고 있다. 의선문 자체가 의술로 이름이 드높으니 그야 이해를 할 수 있다.

그리고 그들이 목숨을 건 줄다리기를 하고 있다 들었으니.

저 의원들 중에서 몸을 떠는 자들은 의선문의 자들이 아닐 것이며, 감탄을 표하는 속없는 자들도 감히 그런 짓을 할 자들은 아니었다.

척 봐도 목숨을 내놓은 듯 배짱 하나는 좋은 모습을 보이고 있는 자들이 의선문의 중진 정도는 되겠지.

희끗하니 내려앉아 보이는 머리칼을 보면 나이도 짐작이

됐다. 꽤 오래 산 이들이다.

하기야 저 정도의 나이에, 저 정도 위치에 올라간다고 한다면 아집을 부리는 것도 자연스러운 일일는지도 모른다.

그래도 때를 잘못 탔다.

말을 돌리는 화법이라고 하면, 몇 시간이고 말을 할 수 있는 그녀가 단도직입적으로 말했다.

"자네들 전부 목숨이라도 걸겠다는 건가."

"무슨 말이신지요. 저희는 이미 목숨을 걸고 있습니다."

가장 담담한 표정을 짓고 있던 이가 나선다.

그녀가 영철에게 눈짓을 한다. 전음이 들려온다.

[의선문의 장로입니다. 허나, 은퇴를 한 지 오래긴 합니다. 장훈차라고 하는 의원입니다. 활동할 적에는 의주선의로 불렸습니다.]

그녀가 알아들었다는 듯 고개를 끄덕인다. 상대가 누군지 파악했다.

'저자인가……'

저자가 의원들을 이용하여 아집을 풀고 있는가?

물론 아직 속단하기 이르긴 했다. 나이를 먹었어도 얼마든지 행동 대장처럼 굴 수는 있다. 혈기라는 건 나이가 있어도 때로 툭툭 튀어나오곤 하니까.

뒤에 숨은 자가 명을 하고 그는 단지 따르는 것일 수도 있는 게다.

그래도 행동 대장은, 행동 대장이다.

그러니 우선은 저자부터 쓰러트려야 진짜가 나온다. 저자가 의원들을 이끄는 진짜배기라면 이참에 쓰러지는 것이 더더욱 좋고.

"목숨을 걸고 있다?"

"언제 전염될지 모를 전염병, 그 안에서 사투를 벌이고 있사옵니다."

"하…… 사투라? 자네는 사투가 무엇인지를 모르는가."

"사투(死鬪). 죽을힘을 다해서 싸운다는 것으로 알고 있습니다."

말장난이라도 하자는 건가.

가장 먼저 나서기에 행동 대장인가 했더니, 이건 반쯤 미친 노인이 아닌가.

"그 죽을힘에는 할 수 있는 모든 방안을 사용하는 것이 포함되는 게 아니던가?"

"허헛. 이미 그러고 있사옵니다. 모든 방안을 동원하고 있습지요."

"그럼 본녀가 가져다준 방식은 왜 쓰지 않는가?"

진짜 본론이 튀어나온다. 그러자.

"자고로 의술이라 하는 건 백 번을 연습해도 한 번 실수하면 그 일로 환자가 죽사옵니다."

"알고 있네."

이런.

"헌데, 저희들이 제대로 알지도 못하는 방식을 써서야 결국 위험을 자초하는 일이 되지 않겠습니까."

외통수다.

저들은 의술의 기본을 말함으로써 자신들의 아집에 대한 결과를 빠져나가려 하고 있었다.

새로운 방식도 좋다. 그게 먹혀들 수도 있다. 하지만 자신들은 할 줄을 모른다. 그러니 사용치 않는다.

한 번 실수하여 환자를 죽게 만들 수도 있으니까.

하지만 사투란 게 뭔가. 목숨을 거는 게 사투다. 게다가 환자들은 역병과 이미 사투를 벌이고 있음이다.

실수로 사람을 죽일 수 있다고 하더라도, 할 수 있는 모든 방법을 써야 한다.

그걸 알 것이 분명함에도, 그들은 의술의 기본이라고 하는 것을 빌어 빠져나가려고 하고 있었다.

자신들의 아집의 결과를!

'진정 의원인지를 모르겠군.'

결국 모든 건 명분의 싸움이다.

자신들의 의술이 새로운 방식을 익힘에는 아직 부족함을

말하고, 최선을 다한다 말하는 저들.

뻔한 핑계임을 알지만 아무리 황녀라고 할지라도, 쉽게 벌할 수는 없었다.

지금 일을 명분으로 저들을 몰아쳐 보아야 후에 의원 중에 감히 의술을 행하겠다 나서는 자가 적어질 거다.

자신들이 치료를 못 하면 벌을 받는다 생각할 거다.

그러니 나서지를 않게 되면, 손해를 보는 건 환자이게 된다.

'겁을 먹겠지.'

그러니 명분이 중요했다. 그게 정치라고 하는 것이며, 저들이 걸고 들어온 명분이라는 거다.

좋다. 좋은 명분이었다.

의원이라고 하면 의술에만 목숨을 걸고 사는가 했더니, 나름 정치질도 할 줄 알지 않는가?

하지만.

'본녀는 태어날 때부터 황실에서 지내 왔음이야.'

그녀는 황녀다.

중원 천지에서 그녀보다 더 황실에 오래 있은 자가 없으며, 황실의 법도를 알고, 그것을 이용할 줄 아는 자가 또 누가 있겠는가.

황실의 일이라는 것 자체가 결국은 중원의 모든 것을 책임지는 정치라고 하는 거다.

그녀는 그 안에서 살아왔다.

명분을 따지고, 만들고, 그것을 이용하는 것? 그녀에게는 생활일 따름이다. 가장 잘 쓸 수 있는 장기.

'차라리 다른 식으로 움직였다면 나았을 것이다.'

의술을 뽐내고, 자비를 청하였다면 결과가 달랐을 수도 있을 것을.

저들은 자신들이 평생을 갈고 닦은 의술을 믿지 못하고, 어쭙잖게 익힌 정치술이라는 걸 가져와 버렸다.

그녀의 눈이 빛난다.

자신이 가장 잘할 수 있는 것을 실행할 때의 눈빛이다.

'신의에게는 또 미안해질지도 모르겠군. 허나 우선은 양민들을 살리고 봐야 할 터.'

마지막으로 결심을 한 번 하고서는.

"그대들의 이야기는 잘 들었노라."

운을 띄우기 시작한다.

여인의 몸으로서, 여느 사내보다도 많은 것을 익힌 그녀. 삶 그 자체가 황실과 함께하는 그녀. 그럼에도 고귀한 그녀가 그녀만의 싸움을 시작했다.

칼을 빼어 들고, 목숨줄을 잡는 전투가 아니었다.

말과 명분.

그를 통한 촌철살인(寸鐵殺人)이 실제 일어나는 싸움이었
다.

               *   *   *

그들이 의술을 명분으로 삼았다면, 그녀는 양민들을 명분
삼았다.

양민들이 쓰러져 감에도 다른 어떠한 수단이라도 사용치
않는 건 결국 그들의 잘못임을 책망했다.

어설픔에 사람이 죽을 수도 있다면, 그 어설픔도 받지 못
해 죽어 가는 자는 어찌 책임을 질 거냐 물었다.

꼬리에 꼬리를 물고 서로가 서로의 이야기를 펼쳐나갔다.

누군가에게는 결국 말장난일 수도 있지만, 여기 있는 이
들에게는 그 무엇보다 진지한 이야기였다.

이곳에서 물러나는 자는 목숨을 잃을 수도 있음이며, 황
녀인 그녀라 해도 신망을 잃으면 그보다 큰 손해는 또 없었
다.

당장에 역병이 도는데 신망을 잃은 황녀?

죽은 거나 다름없지 않은가.

밀려서는 안 됐다.

하나 정치라 하는 것이 원래 우습게도 완벽한 설득이라는

걸 할 수가 없다.

하나를 받으면 하나를 양보해야 했다. 본래 그러한 속성을 가진 게 정치다.

당장 서로가 전부를 죽일 수도 없으니 그러는 거다. 서로의 필요를 인정하니까.

때로 그 필요를 인정치 못하고 서로 쓸어버리는 방법도 있기는 하지만, 당장 그런 수를 쓸 수도 없었다.

의원들을 없애버릴 수도 없음이고, 의원들이라 해서 황녀의 지원이 필요치 않은 것도 아니다.

물고 물리는 관계니까.

그렇기에 적당히 양보를 내주고, 상대의 핵심을 뺏어 온다면 그건 그거대로 승리다.

"허면 황녀님의 말씀은 무엇이옵니까."

"그대들이 말하는 바대로 어설픈 의술은 펼치지 못한다 하지 않았나?"

"그렇사옵니다."

"그렇다고 환자들이 다 죽어가서는 결국 그 또한 의원으로서의 본분을 다하지 못하는 게 되는 터."

"……그렇지요."

"그렇다면 그 의술을 펼칠 줄 아는 자를 데려오면 되는 것 아닌가. 그대들이 말하는 대로 어설프지 않은 실력이라면 되겠지."

"그건……."

그들이 내세우는 명분조차 자신의 것으로 삼은 황녀.

몇 시진이라는 짧다면 짧고 길다면 긴 시간 동안 의원들을 상대로 자신의 특기를 펼친 그녀가 결국 마침표를 찍어 낸다.

아주 단호한 표정으로!

"그런 자를 내 불러오겠네. 그때까지는 최선의 노력을 다해 주겠는가?"

새로운 이를 데려오겠다 한다.

그제야 의원들이 난색을 표한다. 설마 황녀가 이런 식으로 나갈 줄은 몰랐겠지.

허나 명분은 황녀에게 기울어 있는 터.

의원에게 환자보다 중요한 명분은 없으니, 그 명분을 사로잡은 황녀의 승리는 예견된 지 오래다.

그럼에도 발악이라도 해 보려.

"이미 노력은 하고 있었사옵니다. 누구인지는 몰라도 그를 데려온다 해서 그리 달라질지는……."

"그대들의 실력이 거기까지인 거겠지."

"처음 보는 역병이라 그러하옵니다."

헛소리를 지껄여 보지만, 그게 결국 자기 무덤을 파는 이야기라는 걸 그는 알까.

당장은 필요하기에 살려 두지만, 글쎄. 그 뒤에 어찌 될는지는 그도 진지하게 생각해 봐야 할 터다.

"그래. 이해하네. 그러니 있는 대로 의원을 데려올 참인 것이고."

"그때까지 치료를 할 수도 있사옵니다. 아직 성과는 안 나왔지만. 곧⋯⋯."

"곧이라."

"예. 곧이옵니다!"

외부 인사가 오면 자신들의 자존심도 지킬 수 없다.

혹여나 외부에서 온 의원이 치료라도 해내는 날에는 여태껏 쌓은 명성이 허명이 되어 스러질 게다.

그걸 두려워하는가?

'그래서야 어찌 의원이겠는가.'

환자의 상세 이전에 자신의 명성을 우려하는 자는 의원이 아니다. 인의를 행하는 이라고 할 수가 없다.

그런 자는 단지 의술이라는 기술을 가진 기술자일 뿐이다.

눈앞에 있는 자들은.

'그런 기술자들의 정점일지도 모르지.'

그들 모두가 그런 기술자는 아닐지도 모른다. 진정 마음으로는 인술을 펼치는 자가 있을지도 모른다.

하지만 당장 그들을 이끄는 자가, 자신의 사욕으로 의술을 사용하는 기술자밖에 못 된다.

기술자의 영역 혹은 장인의 영역 또한 존중을 하는 황녀이기는 하나, 지금의 것은 그 개념이 너무 달랐다.

여태껏 의원으로 대했기에, 자존심이라도 챙겨 주려 했건만.

이래서야 기술자에게 그러한 예를 챙겨 줄 필요가 있겠는가 싶기도 한 황녀였다. 그럼에도 초인적인 인내로 쐐기를 박는다.

"그 곧이라는 말을 명확히 할 수 있겠나?"

"그것이……."

"한 달이면 되는가? 그도 부족하면 반년을 주면 완치를 약속할 수 있는가?"

"……."

"그러니 데려오겠네. 그를 데려오기 이전까지 치료를 해내면 그때는 그 나름으로 보상을 챙겨주지. 어떠한가?"

"감히 보상을 바라고 한 일은 아니었사옵니다."

입에 발린 소리를 하기는.

역병을 치료함으로써 명성을 얻고 싶은 거겠지. 그도 아니면 자신의 의술이라도 안고 죽거나.

환자를 생각하기 이전에 자신부터 있는 자다.

"알겠네. 그러니 어서들 물러가, 환자들을 둘러보게나."

더 이야기를 하기도 싫은 자기에 명백한 축객령을 날린다.

저들도 내심 불만이 생긴 것 같지만 어쩌랴.

애써 명분을 준 이유는 그들이 불만이 생겨도 그를 표출하지 못하게 하기 위함이었다.

'의원이…… 의술을 닦지 않고 입으로만 떠들어서야…… 어찌 의원인지.'

하기는 세상사 자신의 본분에 충실한 자보다 충실하지 않은 자가 더 많지 않던가. 하루 이틀도 아니고 오래전부터 그래 왔음을 알고는 있다.

다만 사람의 목숨을 쥐고 흔드는 의원만큼은 그러지 않기를 바랐을 뿐이다.

"고생하셨사옵니다."

"……."

영철의 말에도 아무 말도 않고, 가만히 끓어오르는 내심을 다잡고 있는 황녀였다.

영철도 그것을 아는지, 한 마디를 내뱉고서는 가만히 명을 기다릴 뿐이었다.

'황실에서는 더한 일도 많았다.'

이제 와서 저런 자들을 상대했다고 끓어오르기에는 그동안 쌓은 내공이란 게 있다.

그리 생각하면서 좋지 못한 내심을.

"후우……."

마지막으로 한숨 한 번을 내뱉고서는 다잡는다.

참아야 했다. 지금은.

의원답지 않은 의원을 보고 구역질이 나온다고 하더라도 참아야 했다.

그들은 우선은 의술이라는 걸 기술로라도 익힌 자들은 되니까. 비록 상하다 못해 썩어버린 의원일지라도 없는 거보단 당장은 나을 거다.

하지만 그 상한 쓰레기와 같은 자들을 오래도록 안고 있을 필요는 없었다.

"영철."

"예!"

"자네가 직접 다녀오게."

"제가 직접입니까. 그리되면 호위에 문제가 생길 수 있습니다."

"아니네. 자네 정도 되는 자가 다녀와야 후에 뒷말이 없겠지."

필요한 자는 대우를 해 줘야 한다.

특히 명분 싸움에 내세우기까지 한 자를 데려오는데 소홀함이 있어서야, 또 그들은 어떤 핑계든 만들어 내서 흠집을 내려고 할 게다.

"가기 전에 잠시 기다려 보게나."

수없이 많은 수식어, 황실의 사람다운 말을 서찰에 일필휘지로 써내는 그녀였다.

"이걸 건네어주게."

"예. 바로 가겠습니다."

시일이 촉박하니 빠르게 움직이는 거겠지.

천하의 영철이라고 하더라도 하남을 지나다 역병에 당할수 있는 터.

하남을 피해 돌아가려면, 산서, 섬서를 지나야만 도달할수 있을 거다. 꽤 먼 길이 된다.

해서 바로 움직이려는 그에게 황녀가.

"그리고 그에게는 미안하다고 전해 주게나."

"……예."

언제나와 같은 자신감에 찬 모습이 아닌, 진심이란 것이 담긴 모습으로 전해 달라 말한다.

영철이 읍을 해 올리고서는 물러난다.

그는 호위를 걱정하였지만 그가 아니더라도 호위를 할 금의위는 이미 몇 데려왔다. 그녀를 애지중지하는 황제의 배려였다.

당장으로서 영철이 그녀의 곁을 떠나가며 우려를 했던 건 그 또한 그녀를 배려해서였을 거다.

영철마저 떠나가게 되면, 황녀인 그녀로서는 그녀를 이해해 줄 자가 당장 아무도 없게 될 것을 우려했겠지.

속 깊은 그다운 뜻이었다.

황녀도 그것을 알기에 그가 머뭇거림을 이해했던 게다.

'결국 이제는 시간의 싸움인가.'

더 많은 이가 죽어가기 전에 어서 그가 와줘야 했다.

저 썩은 의원들을 처리하든지, 그도 아니면 그가 가진 의술이 진정 한 차원 올라서 저 병을 치료해 주든 해 줘야 했다.

황실의 황녀나 되어서 말도 안 되는 막연한 희망에 기대는 것 같지만 어찌하겠는가.

때로 병마라 하는 건, 천재지변만큼이나 무서운 거였다.

그녀로서는 이게 최선이었다.

다만 그의 영역을 구축하며, 나아가고 있음을 앎에도 그를 불러내야 함이 계속해서 마음에 걸릴 뿐이었다.

*　　　*　　　*

명성, 소문, 인연이라고 하는 건 사람을 묶는 족쇄가 되곤한다.

또 하나의 족쇄가 될 수 있음에 그동안은 움직이지 않던이들이 바로 움직이기 시작했다.

"허락은 받은 겁니까?"

"아니. 하지만 조용히 움직이게 손 써 줄 거잖느냐?"

"누님은…… 귀찮은 일만 떠넘기시는구려."

"해 줄 거지?"

제갈소화다.

표정은 심각한 표정이건만, 아름다움만큼은 더욱 만개한느낌의 그녀가 자신의 앞에 있는 동생을 두고서 부탁 아닌부탁을 한다.

"휴우. 알겠소. 대신 조용히 다녀와야 하오. 그리고 빠르게! 때로는 소문이란 게 무섭게 과장되기 마련이니까."

"네가 잘해 주면 그 또한 퍼지지 않을 테니 걱정 말거라.쓸데없이 움직이는 것도 아니잖느냐?"

"부담만 주고 가시는군. 다녀오시오."

"그래!"

때는 자시에서 축시 사이다. 한밤을 넘어서 새벽으로 넘어가는 시간임에도 앞을 향해서 움직이는 그녀의 발걸음에는 거침이 없었다.

이곳은 제갈세가.

그녀가 나고 자란 곳. 그러하기에 그 어떤 곳이라도 그녀의 머릿속에 이미 그려져 있는 지 오래다.

망설임이 있을 리가 없었다.

하기는 보고픈 님이 있을 곳을 가는데 망설임이 있으면 그게 더욱 이상하였다.

허나 남아서 뒷수습을 해야 하는 자에게는.

"휴우……."

한숨만 더해질 수밖에 없는 상황.

'천방지축이었는데…… 다른 방식으로 변했구려.'

그래도 그녀의 뜻을 알고 있기에 그로서는 막으려야 막을 수가 없었다.

그때 그의 뒤에서 생각지 못한 목소리가 들려온다.

"갔느냐?"

"그렇게 된 듯합니다. 알고 계셨습니까?"

제갈민이다. 제갈소화의 아버지인 그는 무언가 초탈한 듯한 표정을 짓고 있었다.

'알 수가 없군. 부정인가.'

그 모습이 꽤 인상적인지라 제갈문현으로서도 한 번 더 되돌아볼 수밖에 없었다.

"허허. 이미 예상은 한 지 오래였다. 갈 만했지. 그동안

참은 게 용했어."

"그런데 왜 보내주셨습니까?"

"부정이라면 부정이고. 실익이라면 실익이겠지."

부정(父情)과 실익이라.

두 마리의 토끼를 다 잡기 위함이었던 건가.

하기야 운현이 근래에 변했다는 소식은 이미 들었다. 또한 전보다 더 행보가 거침없어졌다는 소문도 이미 돈 지 오래다.

확장일로를 걸으며 동시에 내부를 탄탄히 조절한다던가.

무사들을 모집하며, 동시에 무사들의 무공을 닦고.

의원이고 학사고 가릴 것도 없이 그 안에 있는 자들에게 무공을 가르친다는 소문은 이미 호북 내에 파다하다.

아무리 넓은 성이라 해도 운현이 일을 벌인 지 몇 달이다.

퍼질 만한 시간은 충분히 됐다. 안 그래도 주시를 해 왔던 곳이 운현의 의명 의방인지라, 자세히 알아본 자도 꽤 될 정도다.

덕분에 운현이 당장은 몰라도 후의 미래를 준비한 것일 수도 있다는 말은 나돈 지 오래다.

무공이란 게 하루 이틀 가르친다고 되는 건 아니지만, 오래도록 가르치면 분명 강한 무력이 될 터.

그 무력을 가지고 호북의 신진세력으로 발돋움할 수도 있다는 예상은 쉬이 할 만하지 않겠는가?

무엇이 계기가 되었는지는 몰라도 운현이 변했다는 건 호북의 알 만한 사람은 다들 알 만한 사실이다.

아직 여기까지 전해지지는 않았지만, 대법에 관한 것까지도 소문이 나면 그때는 호북 전체가 또 난리가 날지도 모를 일이다.

어쨌거나 항상 조심스레 움직이던 그가 변했으니.

그에 맞춰 대응도 변화해야 하는 건 당연한 터.

이전과 같이 제갈가나, 호북의 유력세력이라 해서 운현을 묶어 두기에는 무리가 있었다.

그가 어떤 방식으로 어떻게 나올지를 모르는 일이니까.

하지만 제갈소화를 보내는 건 다르다.

'그래도 사람은 잘 변하지 않으니…… 본질까지 변하지는 않았겠지.'

운현의 본질. 정이 많음.

그것을 이용하여 제갈소화가 얻을 것을 얻어 올 수도 있음이다.

그러니 제갈민이 부정과 더불어 제갈가의 실익이라는 두 마리의 토끼를 잡으려 한다는 거겠지.

뭐 일단은 맞는 이야기다.

"후후…… 잘 있을까?"

과연 자신이 해야 할 일 이전에 운현이 잘 있을까를 걱정하고 있는 제갈소화가 잘해 낼지는 논외로 치고 말이다.

사람간의 정이라는 건 본디 서로가 갖는 것 아닌가.

운현이 제갈소화에게 정을 가지고 있음이, 결국 그녀도 운현에게 정을 가지고 있다는 말과 다를 게 없다는 걸 제갈가는 눈치채야 했다.

차라리 그녀가 아니라 제갈문현을 제갈가의 공식 특사로 보내는 게 나을 수도 있었을 게다.

오판일지 모를 판단과 아버지인 제갈민의 묵시(默視) 덕에 움직이고 있는 제갈소화였다.

第十四章
예상했던 바다

운현의 연무장.

그 넓은 곳에 근래는 많은 이들이 오고 갔다.

그로부터 무공을 배우고, 습관을 고쳐가는 게 일상화되었던 의방의 무사들이 이곳 장소를 차지하는 주인공이었다.

하지만 지금은 달랐다.

시간이 늦은 것도 있지만, 그가 미리 조치를 한 바가 있기에 많은 이들이 와 있지 않았다. 아니 못했다.

이곳 연무장을 차지하고 있는 이는 오직 둘뿐이다.

남궁미와 운현.

참으로 오랜만에 그려진 그림이었다. 둘이서 이렇게 있는 것은 근래에 있어서 아주 없다시피 한 일이었으니까.

그게 마음에 안 드는지 남궁미가 입을 삐죽인다.

"너무 오랜만이네요."

"하하. 일이 많음을 알잖습니까? 자아, 해 볼까요."

"칫. 말만 늘었군요."

"원래 늘었었습니다."

전이라면 한참을 시달렸을 운현이다.

남궁미에게 쩔쩔매고, 무언가 작은 거라도 당했겠지. 하지만 지금은 달랐다. 그도 능청스러워졌다.

조용하기만 하던 남궁미가 변하여, 일상의 대화 정도는 쉬이 하는 여인으로 변하였듯.

운현도 변한 거다. 좀 더 여유로워지고, 단단해졌다.

단순히 마음가짐 하나를 달리 먹었음에도 꽤나 극적인 변화였다. 단순히 하나가 바뀌어서 나온 결과라고는 믿지 못할 만큼이다.

그게 마음에 안 들었던지 그녀가 다시 입을 삐죽인다. 잔뜩 불만인 듯 볼까지 부풀릴 정도.

그 모습이 되레 더 귀여워 보였던지 운현은 미소까지 짓는다.

"마음에 안 드는군요."

자신의 마음을 숨기지 않는 그녀답다.

"어쩔 수 없습니다. 사람이란 게 변하기 마련이죠."

"운현은 변하지 않았으면 했는걸요."

"하핫. 그랬으면 좋았겠죠."

본래의 모습대로. 자신이 생각하는 대로만 살아가면 얼마나 좋을까. 하지만 아쉽게도 삶이란 게 그리 쉽지만은 않다.

자신이 원하는 바대로만 살 수 있다면 그건 신이겠지.

"먼저 오시죠."

"검은 안 드는 건가요?"

남궁미는 검을 빼 든 지 오래다.

하지만 운현은 연무장에 온 지 오래되었음에도 아직 검조차 빼 들지 않았다. 그의 허리춤만 외로이 지키고 있을 뿐이다.

"괜찮습니다."

"……거만하군요."

탓—

잘 정리된 연무장을 밟는다. 순식간에 튀어 나가는 그녀의 몸. 그녀와 함께 운현에게로 쏘아지는 기세는 어마어마했다.

전에 비해서 훨씬 강해진 기세!

그녀가 익힌 남궁가의 검술이 절정에 이르고 있다는 증거일 게다.

허나. 그가 상대하는 건 운현이다.

'기세가 오히려 줄었어야 해.'

일류까지의 무사가 기세가 드높아지는 단계라면, 절정에서는 그 기세를 갈무리할 줄 알아야 함을 아는 운현이다.

그녀의 강한 기세에 머뭇거리거나, 밀리기에는 그가 그동안 닦아온 수련이란 게 있었다.

타앙—

"……읏."

운현의 손이 정확히 남궁미의 검을 때린다. 검의 옆. 검면이다.

아주 정확한 타점이었다.

그에 밀리는 남궁미의 검. 내공, 무공, 거리의 가늠 그 어느 하나 운현이 밀리는 게 없었다.

그나마 있는 기세라고 하는 것도 운현이 내뿜지 않았기 때문.

"다시 갑니다!"

밀리는 것이 짜증 나는 듯 입을 한 번 더 삐죽인다.

그러곤 끊임없이 검을 날리기 시작하는 남궁미.

하늘을 닮은 검인 무거운 검, 남궁가의 검을 익힌 그녀다.

헌데 그녀의 검은 동에 번쩍, 서에 번쩍하듯 전광석화와 같이 운현을 압박해 나가고 있었다.

'새로운 묘리인가.'

아니면 그녀가 나름 절정이란 지고한 경지로 가기 위해서 자신의 검을 닦은 결과가 쾌검인 건가.

알 수가 없다.

그녀가 가려는 검의 방향이란 건 결국 운현이 정해 주는 것이 아니다. 그녀가 정하는 것이다.

그러니 그녀의 검이 쾌검이든, 중검이든 그건 운현이 정할 바가 아니었다.

다만.

"……너무 얕습니다."

"알아요!"

판단을 내려줄 수 있었다.

그녀의 길이 맞는지 아닌지 정도.

혹은 그녀의 검이 추구하는 바가 무엇이든 간에 그 검이 얕은지 아닌지 정도는 충분히 알 수 있었다.

경지의 차가 컸으니 당연한 이야기다.

그리고도 한참. 끊임없이 운현을 노리려는 듯 사정없이 그녀의 검이 흩뿌려졌다.

때는 저녁을 지나 밤으로 가는 시간.

해가 저문 지 오래이건만, 그녀의 검광은 햇살의 빛이라도 받는 듯 하염없이 움직일 따름이었다.

"하악…… 학…….."

대련은 순식간이었다.

뇌쇄적이랄까. 그녀의 온몸이 젖어버렸다. 지친 듯 호흡도 제대로 가누지 못할 정도다.

'전력이었나.'

그녀로서는 온힘을 다해서 검을 내뻗은 듯했다. 이게 그녀로서는 최선이었다.

목숨을 구할 구명절초나, 상대를 죽이고자 하는 절초를 제외하고 꺼낼 수 있는 최대한을 다 꺼낸 느낌이다.

그러니 순식간에 지쳐버렸겠지.

좋은 대련이었다.

그녀로서는 가진 거의 모든 것을 쏟아부을 수 있는 대련이었으니, 이 대련이 이어지는 한 실력은 일취월장할 거다.

운현이 남궁가의 무공을 익히지 못했음으로 좋은 스승은 되지 못하더라도, 좋은 대련자는 되어 줄 수 있을 테니까.

하지만.

"치사하군요. 차라리 검이라도 들었더라면 나았을 건데요."

"그렇습니까?"

"그래요! 너무하잖아요. 칫."

그녀로서는 잔뜩 불만이 생긴 듯했다.

하기야 자존심이 강한 그녀가 아닌가.

자신은 거의 모든 것을 쏟아부었는데도 불구하고 지친 기색 하나 없는 운현의 모습을 보면 괜히 울분이 터져 나올 법도 했다.

운현을 좋아하고, 싫어하고를 떠나 일종의 자존심 문제랄까.

언젠가는 비슷한 경지에 있었던 운현이었다. 그런데 언제부터인가 올라가기 시작하더니 그 격차가 너무 벌어졌다.

그는 의술과 함께 무공을 익히며, 동시에 의방을 이끌어가는데도 불구하고!

자신은 가문에서 주어지는 최소한의 의무를 제외하고는 전부를 무에 할애함에도 불구하고도!

그와의 격차는 도무지 좁혀지지를 않는다.

시간이 가면 갈수록 되레 벌어지기만 할 뿐이었다.

마치 그게 당연하다는 듯이 너무 쉽게 벌어져 가는지라 자신의 노력이 허무하게 느껴질 때가 있을 정도였다.

천재라고 하는 족속들은 범인들에게 때로 심한 절망감을 준다고 하더니 운현이 딱 그 짝이랄까.

그러면서도 자기는 천재가 아니라 범인이라고 말을 하고 다니니. 약이 오를 정도다.

'치사하다고. 치사해.'

이럴 때 자신의 마음을 어찌 표현할 줄을 몰라서 괜히 치사하다 되뇌어 보는 그녀였다.

자신의 마음을 표현할 줄을 모르는 것.

나이를 먹어서도 변하지 않은 그녀다움일지도 몰랐다.

그렇다 보니 질투라는 것을 인정하고 싶지도 않을 것이며, 자존심이 상했다고 인정하기는 더욱 싫으니 괜히 떼를 써보는 것이겠지.

몸은 다 자란 지 오래인 그녀지만 아직 젊으니 이 정도의 치기는 이해할 만했다.

운현으로서도 그걸 알기에 그녀의 말에 괜히 성을 내기보다는 사람 좋은 미소만을 지을 뿐이었다.

"그래도 좋은 대련 아니었습니까?"

"몰라요."

말로는 아니라면서 속으로는 인정하는 그녀다. 정말 좋은 대련이었다.

볼멘 듯한 말투는 괜스레 떼를 쓰는 것일 뿐이다.

"그나저나 무슨 마음의 변화가 생겨서 다시 대련을 해 준 건가요?"

"약속도 약속이고……."

그의 말을 그녀가 가로챘다.

"이미 안 지킨 지 오래면서?"

"그건 미안하게 됐습니다. 대련을 더 벌이긴 했어야죠. 압니다."

"너무 바빠서 그랬으니까 이해는 하고 있어요."

그러곤 또 이해를 해 준다.

'내가 너무 바보 같잖아. 치사해. 저 웃음도.'

괜스레 가슴이 두근거려서일 거다.

전에는 자신이 떼를 쓰거나, 몰아붙이면 그대로 당황해하던 운현이지 않았나.

남자답지 못한 모습이었다.

그런데도 그런 그에게 반해 버렸었다.

그런데 이제는 여유로운 웃음을 지으며, 자신을 달랠 줄 알지 않나.

여전히 눈치 하나 없는 건 같지만, 저 미소라고 하는 게 묘하게 그녀의 마음을 다시금 흔들고 있었다.

"하핫. 이해해 주셔서 감사합니다, 남궁 소저."

"칫. 웃지 마세요."

웃으면 괜히 가슴이 콩닥거릴 때가 있기에 보채어 보지만, 그녀가 웃지 말래도 운현의 여유로운 미소는 더욱 짙어진다.

"아무렴요. 그나저나 대련은 만족스러웠습니까?"

"……."

아니라고 하면 안 되겠지?

그럼 그로서도 좋지는 않을 거다. 그러니 그녀가 답해 줄 수 있는 말은 하나다.

"······예."

괜히 뜸을 들여 보았지만, 아니라고도 할 수 없었다.

솔직한 게 차라리 나으니까.

그의 비위를 맞출 줄을 모르는 남궁미였지만, 적어도 그가 솔직한 걸 좋아한다는 것 정도는 충분히 알았다.

"만족스러웠었다니 좋군요."

"네, 이래저래 치사하긴 해도 만족스러운 대련이었어요."

그래도 마지막까지 고집을 부려보기는 한다. 괜히 떼쓰는 거다.

"후후, 그렇습니까? 그럼 이제 슬슬 마무리로 일도 이야기해야 하지 않겠습니까?"

"그건······."

대련이 끝나자마자, 또 일 이야기라니.

마치 그녀가 숨을 고르기를 기다리고 있었다는 듯하지 않은가.

운현으로서는 자신의 할 일을 하는 것뿐이건만 괜스레 야속함이 느껴지는 남궁미였다.

"······해야죠."

"감사합니다. 부탁해야 할 건 어려우면서도 쉬운 겁니다."

"어려우면서도 쉽다?"

운현의 눈이 진지해진다. 미소는 금세 사라졌다.

"제 예상이 맞다면 남궁가에 이득이 되는 일이기도 하지요."

"그렇군요."

이건 거래인가.

아니면 운현이 인연을 오래도록 쌓아 온 남궁가에 대한 배려인가.

끝까지 들어 봐야 했다. 아직은 알 수가 없다.

운현이 알 수 없는 소리를 이어 간다.

"당장이라도 달려가 보고 싶지만, 준비가 아직 완전히 안 된 터. 현실적인 문제도 있죠."

"이해해요."

현실적인 문제라.

항상 그런 게 사람 발목을 잡곤 한다. 이해가 간다.

"해서 남궁가의 도움을 받으려 합니다. 그게 득으로도 갈 것입니다."

"자세히 이야기해 주세요."

도움을 주고받자는 건가? 근래에 그럴 만한 일이 있었는가.

'없는데. 뭘까.'

꽤 흥미로운 이야기지 않은가.

영약 거래를 더 늘리자든가, 무사들에게 무공을 가르쳐 달라거나 하는 시시한 이야기였더라면 넘겼을지도 모른다.

하지만 분위기를 보아하니 그런 건 또 아닌 듯하지 않은 가.

"몇 가지를 주고받자는 겁니다."

"몇 가지요?"

"네. 재미있는 이야기는 아닙니다만, 현실적으로 움직여야 하니 어쩔 수 없는 일이기도 하죠."

재미없는 이야기라?

그로서는 그게 진심인 듯했다.

말하는 바가 꽤 진지했으며, 또한 그 특유의 안타까워하 는 기색도 섞여 있었다. 그러면서 달라진 점이 하나 있다면 흔들림이 없다는 거였다.

어려운 현실을 인정한 건지, 그만의 계책이 있는 건지는 그녀도 아직 알 수 없었다.

듣지 못했으니까.

다만 그가 근래 변하기 시작한 것만큼이나 극적인 무언가 를 준비하고 있음은 분명해 보였다.

"몇 가지를 함께해 보는 겁니다. 떨어지되 함께랄까 요……."

그의 이야기가 그녀의 귀에 와서 박혀든다.

이야기는 꽤 길었다.

시원한 밤바람에 그녀를 젖게 만들던 땀이 다 사라질 때까지 이어져 갔으니까.

第十五章
모두가 움직일 때

　밤새 움직였던 주제에 운현은 그 이튿날도 쉴 줄을 몰랐다.

　"대법의 시행자는?"

　"오늘은 여섯입니다."

　"많군."

　대법을 시행하는 데 여념이 없었다. 그들이 빠르게 강해져야 하는 게 그의 천명이라도 되는 듯했다.

　그리고 또 그 이튿날은.

　대법을 이용하여 의원, 학사고 할 것 없이 단련을 시키는 주제에 또 새로운 걸 찾아갔다.

"이게 그건가?"

"예. 시행을 해 본 바는 없습니다."

"좋군. 그 방식이 새로워."

의원들. 특히나 자신이 가진 것을 실현하는 데에 목숨을 걸었다고 할 만한 자들이 운현이 말한 것들을 가져왔다.

그들이 가져오는 것들은 모두 연회 때 운현이 제대로만 가져오면 봐주겠다고 하던 것들이다.

그게 비법이든, 꼼수든, 대법이든 상관없이 효율성이나 창의성만 놓고 보자면 꽤 대단한 것들이었다.

'한 사람이 하나의 생각……'

다시 열 사람이 열 개의 생각을 하고, 백 사람이 되면 백의 생각을 한다고 하던가.

이곳 의방에 있는 자들은 모두 의술로서 실력이 부족하지 않은 자들.

설사 부족함이 있었다고 하더라도, 운현의 가르침과 자신들끼리의 교류로 말미암아 더욱 일취월장한 자들이었다.

교류와 공유를 통한 성장이라니.

아마 이런 문파가 있었더라면 꽤 해괴한 문파라고 하지 않았을까.

그나마 의방이고, 무술과는 다른 영역이기에 이 해괴함이 인정을 받기는 받았다.

물론.

'앞으로는 무공으로서도 분명 그리 되겠지.'

적어도 운현이 이끌고 있는 의명 의방은 앞으로 그리 될 확률이 높긴 했다. 문파로서는 꽤 해괴한 곳이 될 거다.

의방의 사람들이 쓰는 방식이 무사들에게도 통용이 될 때가 언젠가 올 테니까.

그에 따라서 파훼법이라든가, 무공의 보안 같은 문제가 발생할 수도 있지만 그건 그거 나름으로 대비를 해 놓은 바가 있는 운현이다.

아직까지는 별다른 일이 없는 한 거의 모든 상황에 대한 대응 방안을 가지고 있었다.

그러니.

"그럼 바로 다음 것으로 가지."

"이번에는 제 것을 봐 주시지요!"

운현이 한 점의 불안도 없이 자신이 원하는 바대로 행하고 있는 것일지도 몰랐다.

그의 변화로 많은 게 변화했다.

의원, 학사, 무사고 할 것 없이 요 몇 달 사이의 변화가 근래 의방에 있어 가장 큰 변화였었다고 할 정도다.

하지만 운현으로는 아직 만족감이 적었다.

'너무 많이 돌아왔어.'

차라리 처음부터 이렇게 해 나갔더라면 지금쯤은 더 많이 와 있었을지도 몰랐다.

이런저런 사정을 생각하고, 다른 이들을 배려하고, 잠시 망설이고 하는 동안에 꽤 돌아와 버린 느낌이다.

덕분에 흔들림도 많지 않았는가.

굳이 암중 조직이 아니라고 하더라도 의방을 운영하면서 이래저래 일이 많았던 운현이다.

좋은 일보다는 나쁜 일이 많았으며, 의원이면서 의원으로 의술을 행하는 것보다, 무림인으로 행세를 하는 게 더 많아 졌던 때도 있을 정도다.

그 자신이 혼란스러워하기도 했으며, 미숙한 모습을 보이기도 했다.

그래서 조급해하는 거다.

많이 돌아왔다고 생각하니까. 조급해할 수밖에 없다.

그리고 또 동시에 전과 다르게 단호히 의방 자체를 바꾼다.

그동안 머뭇거리면서 늦어왔던 모든 것들을 다시 되돌릴 기세로!

더! 더! 더!

라는 말을 그답지 않게 계속하며, 의방을 순식간에 변화시켰다.

그리고 그 변화에 사람들이 슬슬 적응하여 안정감을 갖게
되니,

"이제 슬슬 숙련돼야 하지 않겠는가?"

"어찌합니까?"

"가장 좋은 방법은 역시 내가 어릴 때 하던 방식이지. 반
복일세."

의방 사람들을 최상의 상태로 끌어 올리려고 하는 듯이
더욱 강하게 몰아붙이기 시작했다.

적응을 한 것 이상!

지금까지의 것보다는 그 이상의 위로 올라가기 위함으로!

분명 전보다 사람들을 더 몰아붙이기 시작했다. 지금의
준비로도 부족하다고 하는 듯이.

그에 한울이 궁금하여 물어보아도.

"대체 이 정도까지 해야 하는 이유가 무엇입니까?"

"……."

묵묵부답이었다.

"일단은 믿고 따라오게."

대신 내심 정한 기준이 있는 듯 미친 듯이 몰아붙이고 또
몰아붙일 뿐이었다. 계속해서.

그렇게 얼마나 시간이 지났을까.

사람들이 적응을 하면 하는 대로, 수준을 더 끌어 올리고.

다시 또 탄탄해지고 하는 것의 반복.

그것이 계속되고 있을 때쯤에.

하나는 떠나고 하나는 왔다.

"다녀올게요."

"휴우. 과연 신의님의 말이 맞아야 할 텐데요."

"맞겠죠. 그게 나을 거예요."

"후후. 그럼 그렇게 믿고 있을게요."

운현의 부탁이자 거래를 받아들인 남궁미가 하연화의 배웅을 받아서 움직였다.

그녀의 목적지는 우선은 호북의 서쪽. 그리고선 다시 그가 있을 곳으로 와야 했다. 꽤나 먼 거리다.

"그나저나 신의님은 안 오는 건가요?"

"바쁠 만하니까요. 이번은."

"푸후. 그렇긴 하죠. 이해해야겠죠?"

"그래야겠죠, 후후."

그런 부탁을 해 놓고 오지도 않는 운현.

그런 그에게 서운할 법도 하건만 남궁미는 되레 이해한다.

하연화도 말을 꺼내어보기는 했지만 결국 이내 남궁미의 말을 수긍했다.

"저희 참 바보라니까요."

"그럴지도요."

그런 야속한 남자한테 어찌 빠지게 된 건지.

지금 저잣거리에만 나가도 그녀들을 보려고 하염없이 줄을 서서 기다리는 자들도 수두룩하건만.

세상이란 참 얄궂다.

자신을 사모해 주는 자를 사모하게 만들기보다는 그렇지 않은 자를 자신이 사모하게 되어 버렸다.

그래도 어찌하겠는가. 이미 그래 버린 것을.

이제 와서 아니라고 하기에는 너무 멀리 온 느낌이었다.

남궁미나 하연화 둘 모두 같은 마음이 들었을까.

괜스레 웃음을 지어 본다.

같은 내심을 가진 자들만 가질 수 있는 묘한 웃음이었다.
오직 그녀들끼리만 의미를 알 수 있을 그런 미소.

"정말로 다녀올게요."

"몸조심하세요."

"걱정 마세요. 이번엔 어려운 것도 아니니까."

그렇게 남궁미가 하연화를 안심시키고는 떠나갔다.

가는 쪽이 있다면 오는 쪽도 있는 법.

"이랏!"

"더 빠르게 못하는가!"

일단의 무리가 운현의 의명 의방을 향해서 오고 있었다.

*　　　*　　　*

일대의 준마.

소위 권문세가의 귀족들쯤 돼야 얻을 만한 준마를 여러 마리씩 데리고서 움직이는 무리가 있었다.

영철이었다.

황녀 주아민의 명을 받고서 움직이는 그가 결국에 운현이 있는 호북성 남쪽에까지 이르게 된 것이다.

그와 함께 움직이는 자들 모두 금의위와 동창의 인물이 섞인 상태.

이들이 이곳에 빠르게 이르기 위해서 희생당한 준마의 수만 하더라도 수십 필이다. 밤낮을 모르고 최소한의 휴식으로 달려왔다.

죽어 간 준마의 수만 알더라도 일반 양민들로서는

'어이구! 미친!'

하며 어마어마한 돈이 길바닥에서 스러져 사라졌구나 할 게다.

이곳에 도달하는 시간을 줄이기 위해서 이들이 해낸 일은 그만큼 어마어마했다.

돈, 몸, 노력이고 따질 것 없이 미친 듯이 달려서 해낸 일이었으니까.

"거의 다 왔다!"

"그쪽 비키거라!"

"어, 어이쿠!"

마지막에 거의 도달해서일까.

다른 지역의 난세와는 상관없이, 평화로워 보이는 등산현을 가로지르면서 힘을 다시금 내는 영철 일행이었다.

그동안의 모든 노고가 지금 이 순간에 달려 있으니 이들이 힘을 내는 것도 무리는 아니었다.

미친 듯이 달리고 또 달리니.

'저기다.'

결국 그들이 목표로 하는 곳에 도달했다.

"워. 워."

황실의 일원임을 가릴 것도 없었기에 그들의 복식은 위장이라든가 하는 것이 전혀 없는 터.

그들이 오자마자 명필이라 불릴 만한 준마들을 멈춰 세운다.

황실을 뜻하는 수가 수놓아진 복장에, 빠르게 달려 놓고 금세 멈춰 서는 준마의 모습은 꽤 멋들어진 광경이었다.

없던 시선도 절로 갈 수밖에 없는 광경이랄까.

"저, 저거……."

"진짜 와 버린 건가."

의명 의방 앞을 지키고 있던 문지기들. 즉, 의방의 무사들이 그들을 가장 먼저 맞이했다.

그들은 황실의 일원들이 오는 것에 놀란 기색을 하면서도, 동시에 다른 무언가에 놀라 있는 듯했다.

묘하다.

그 기색을 가장 먼저 읽는 것은 주아민의 최측근 호위로 있으며, 많은 것을 주워 보고 배워 온 영철이었다.

'와 버렸다라? 예상을 한 건가.'

황실의 일원이 왔음에 놀라는 건 당연한 반응이었다.

놀라지 않은 자들을 못 봤다.

권문세족이라 하더라도, 혹은 죄 없는 자라 하더라도 자신의 죄가 없는지 확인을 하며 놀랄 정도다.

눈앞의 문지기로 보이는 무사들도 그러했다. 우선은 놀랐다.

그런데 또 다른 놀람이 섞여 있으니, 그게 영철로서는 의아했다.

'들어가면 알 수 있겠지.'

그가 그리 생각하며 자신의 옷매무새를 훔치는 동안에.

"황녀 전하의 명을 가지고 왔으니, 어서 안내를 하지 않고 뭣들 하는가!"

기세를 한껏 끌어 올린 영철의 수하 중 하나가 그들이 왔음을 만방에 알렸다.

쓸데없는 짓으로 보일 수 있으나, 그들 나름대로 권위를 세우기 위함이었다.

우선은 황실의 권위를 세우면 어려운 일도 쉬이 풀리곤 하니 하는 조치랄까.

문지기도 그게 바로 먹혔는지.

"바로 모시겠습니다!"

고개를 숙이며 영철과 그를 따라온 수하들을 자연스레 모신다.

'괜찮은 자로구나. 저런 자를 데리고 있다라.'

그 모습이 고개를 숙여 굽히되, 자존심까지 굽히는 모습은 아니었다. 정갈하며, 예를 갖춘 정도랄까.

존중은 하되, 자존심까지 내팽개친 모습은 아니었다.

한낱 문지기가 저런 모습을 보일 줄이야. 명가가 아니고서야 저런 모습을 보이기는 힘든 터.

뿌리 깊은 자부심과 자신에 대한 자신감이 있지 않고서는 저런 모습을 보일 수가 없었다.

하나를 보면 열을 알 수 있다지 않나.

'또 변한 건가.'

문지기의 모습을 보면서, 그가 보지 못한 사이에 운현이 생각 이상으로 발전했음을 가늠해 보는 영철이었다.

$$* \qquad * \qquad *$$

'예상 이상이군.'

헌앙한 모습의 공자. 그러면서 탄탄한 몸. 동시에 그의 몸에 밴 진한 약초 냄새.

이런 자를 뭐라 해야 할까.

'무인이며, 의원. 동시에 완성된…… 하. 이런 자가 권문세가의 자제로 태어났더라면…….'

황녀의 옆에 있기에 딱 어울리는 자가 아닐까?

아니, 여기서 몇 단계만 올라간다고 하더라도 충분히 어울릴 만한 자였다.

전에 보았을 때에도 대단한 자인 것을 느꼈지만, 지금은 그때와는 또 다른 느낌으로 와 닿았다.

'진정…… 귀인인가.'

황녀 주아민이 그를 하늘이 내린 귀인이라 할 때는 애써 부정하던 영철이었다.

하지만 지금 이 순간에 운현을 본 그로서는 황녀의 생각을 부정한 자신의 생각을 수정해야 할지도 모르겠다는 생각이 들었다.

그는 확실히 귀인이었다.

자신보다도 훨씬 어림에도 그보다 더 나아간 그런 존재였다.

오랜 시간 만에 운현을 보았기에, 그 누구보다 운현의 변화를 크게 느껴서 그러할지도 모를 일이었으나.

'이제는 인정할 수밖에 없군.'

그는 확실히 대단하다.

또한 어쩌면 황녀 주아민이 애써 희망을 가지는 존재가 운현이라는 게 정답일지도 모르겠단 생각이 들었다.

그 정도 되면, 진장 그가 하늘에서 내린 귀인이라면!

작금의 여러 일을 해결해 줄 수 있을지도 몰랐다.

그런 영철의 내심도 모르는 듯, 운현이 평온한 어조로 고개를 숙이며 영철을 맞이한다.

"오셨습니까?"

"오랜만에 뵙소이다."

반 존대. 자신도 모르게 튀어나와 버렸다.

'이런……'

운현 정도 되는 자를 데려가려면 황실의 권위로 데려가는 게 방법일 수도 있는 터다.

우선은 그에게 사정을 설명하고 가야 하는 이유를 설명하기는 하겠지만, 일이 잘 안 될 때는 그게 최선의 방법이다.

그런데도 반 존대를 해 버렸다니.

운현을 인정한 자신의 생각이 자신도 모르게 튀어나온 영철이었다.

'내가 이런 실수를……'

전이었더라면 이러지 않았을 텐데.

그가 내심 움찔한다.

그래도 겉으로 티를 내지 않음은 영철이 그나마 할 수 있는 최선이었다.

"시일이 꽤 지나버렸기는 하지요."

"일이 여러모로 급하기도 하오."

"그렇습니까? 안 그래도 기다리고 있었습니다."

기다렸다고?

뭘 어디서부터 어디까지 읽은 것일까. 그가 알던 운현은 영특하더라도 이런 일에는 약한 자였는데.

"들어가지요. 해야 할 일이 많으시지 않습니까."

더 설명할 것도 없다는 듯 운현이 영철과 그 일행을 이끌어 간다.

너무도 자연스러워 자신들도 모르게 따라가게 되는 그들.

운현이 예상외의 모습을 보이니 그들의 눈에 괜스레 의명 의방 자체가 더 새로워 보인다.

이곳을 뛰놀고 있는 아이들.

격한 토론을 하듯이 격렬함을 보이면서 대화를 하고 있는 의원들.

그들의 옆을 지키고 있는 무사.

어설프지만, 몸을 움직이며 무공을 익히는 듯 보이는 학사들까지.

하나, 하나 놓고 보면 어딘가 새로운 모습이었다. 못 보던 모습이 간혹 섞여 있기도 했다.

하지만 가장 놀라운 변화는 의방의 변화가 아니었다.

'의방이 변한 걸 넘어서…… 그 자체가 변하지 않았는가.'

바로 그들을 이끌어 가는 운현의 변화였다.

그들을 기다렸다는 운현, 모든 걸 다 아는 듯한 그를 과연 영철이 이끌 수 있을까?

되려 끌려다니지는 않을까?

이곳에 오기 전까지만 하더라도, 상황은 조급할지언정 자신감은 최고조였던 영철이다.

황녀의 뜻을 받들어 운현을 자신이 원하는 바대로 이끌 자신이 분명 그에게는 확신에 가깝게 있었다.

하지만.

"안으로 드시지요."

지금 당장 웃음을 지으며 그들을 이끌어 가는 운현을 완전히 그가 이끌어 갈 수 있을까.

모른다.

전에 있던 확신이 지금은 완전히 사라져 버렸다.

'어렵군.'

자신도 모르게 운현에 대한 평가를 더욱 올리고 있는 영철이었다.

                    *   *   *

"둘이 접선하게 된다."

보란 듯이 만났는데, 그것을 모를 자는 없었다. 굳이 주시를 하지 않고 있다고 하더라도 알게 될 일이었다.

하지만 주시를 하는 자들은 이미 그 사실을 오래전부터 예측을 했다.

황녀 주아민이 영철을 보낼 때부터, 그가 어디로 갈지를 예상하는 건 너무 쉬웠을지도 모른다.

현재 역병이 도는 상황에서 아무것도 하지 못하는 의선문에 영철을 보낸다?

말도 안 되는 소리!

그렇다고 의선문을 제외하고 다른 의가에 사람을 보낼

까?

의선문만큼이나 오랜 역사를 지닌 의방들도 분명 있다. 그들도 의선문 못지않은 의술은 분명 가지고 있다.

하지만 긴 역사를 지닌 만큼이나 그들의 인연은 결코 얕지 않다.

서로 다름을 말하면서도, 오랜 세월로 인해서 서로 비슷해졌달까.

덕분에 그들의 의술은 서로 다르면서도, 같다.

특히 중원을 다스리는 주류의 의술이라는 게 있으니 그들이 비슷하며 인연이 이어지는 건 당연한 이야기였다.

해서 다른 의가들은 아니었다.

오로지 하나. 의명 의방.

그곳에 갈 것을 영철을 주시하고 있던 자들은 분명히 알았다.

다만 중요한 건 언제 그들이 만날 수 있는가였다. 언제 만나야 하는지를 정확히 알아내야만 했다.

그 시간이라는 건 꽤 예측을 하기 힘들었다.

아니 정확히는 너무 빨랐다.

영철을 포함한 그 일행이, 설사 일행 중 일부가 지쳐 나가 떨어지는 한이 있더라도 재촉한 덕분이다.

황녀의 명을 따라 그들이 보여 준 모습이란!

뜻을 행하기 위한 철인이었으며, 동시에 충성을 다 바쳐 자신의 목숨까지 내모는 충신의 모습이었다.

그렇기에 예상보다 그들에게도 시간이 많지 않았다.

그나마 그들이 만족할 수 있는 수준으로 준비를 할 수 있었던 것은, 그동안 해 놓은 아주 오래전의 계책이 있는 덕분이었다.

그리고 그 계책이.

"……왔군."

누군가가 등산현 어귀에서 보낸 전서구로 인해서 실행되었다.

허나 과연 그들이 알까?

그들이 치밀하게 준비한 계책이라고 하는 것도 결국에는 누군가의 예상 범위 안에 있는 것을.

〈다음 권에 계속〉

ORIENTAL FANTASY STORY & ADVENTURE
이대성 신무협 장편소설
NAVER 웹소설 최고 인기 무협 『수라왕』
그 전대(前代)의 이야기!
'마왕' 과의 계약으로 힘을 얻은 소년, 공손천기.
잔혹한 운명을 이겨 내기 위한 그의 행보가 펼쳐진다.
dream
books
드림북스

권용찬 신무협 장편소설

ORIENTAL FANTASYSTORY & ADVENTURE

용무쌍

태양을 덮은 그림자

복수를 위해 빼어 든 그의 칼이 천하를 휘두른다!

일평생 이름 없는 그림자 살수로 살아온 사내.

★
dream
books
드림북스